〔日〕灿灿SUN 著
〔日〕Momoco 绘
王观之 译

俄语小声说真心话的邻桌艾莉同学

邻桌艾莉同学 1

国文出版社
·北京·

『我们两个人呀，其实是「青梅竹马」。』

『只是在说你是个笨蛋哦。』

艾莉莎・米哈伊罗夫娜・九条

以全年级第一自傲、并负责了学生会会计工作的优等生。本年级两大校花之一，被誉为「孤傲的公主大人」。虽说总是数落政近，但其实偶尔也……

周防有希

古日本名门贵族出身的大小姐。担任学生会宣传一职，政近的青梅竹马。与艾莉莎并称为本年级两大校花，被誉为「深闺的千金小姐」。

『所以说,到底为什么要用俄语对我讲那些真心话啊?』

久世政近

宅男属性,日常熬夜,大体可以被视作一位毫无干劲的男学生,总是被邻座的艾莉莎训斥,成绩中下水平,但其实听得懂俄语。

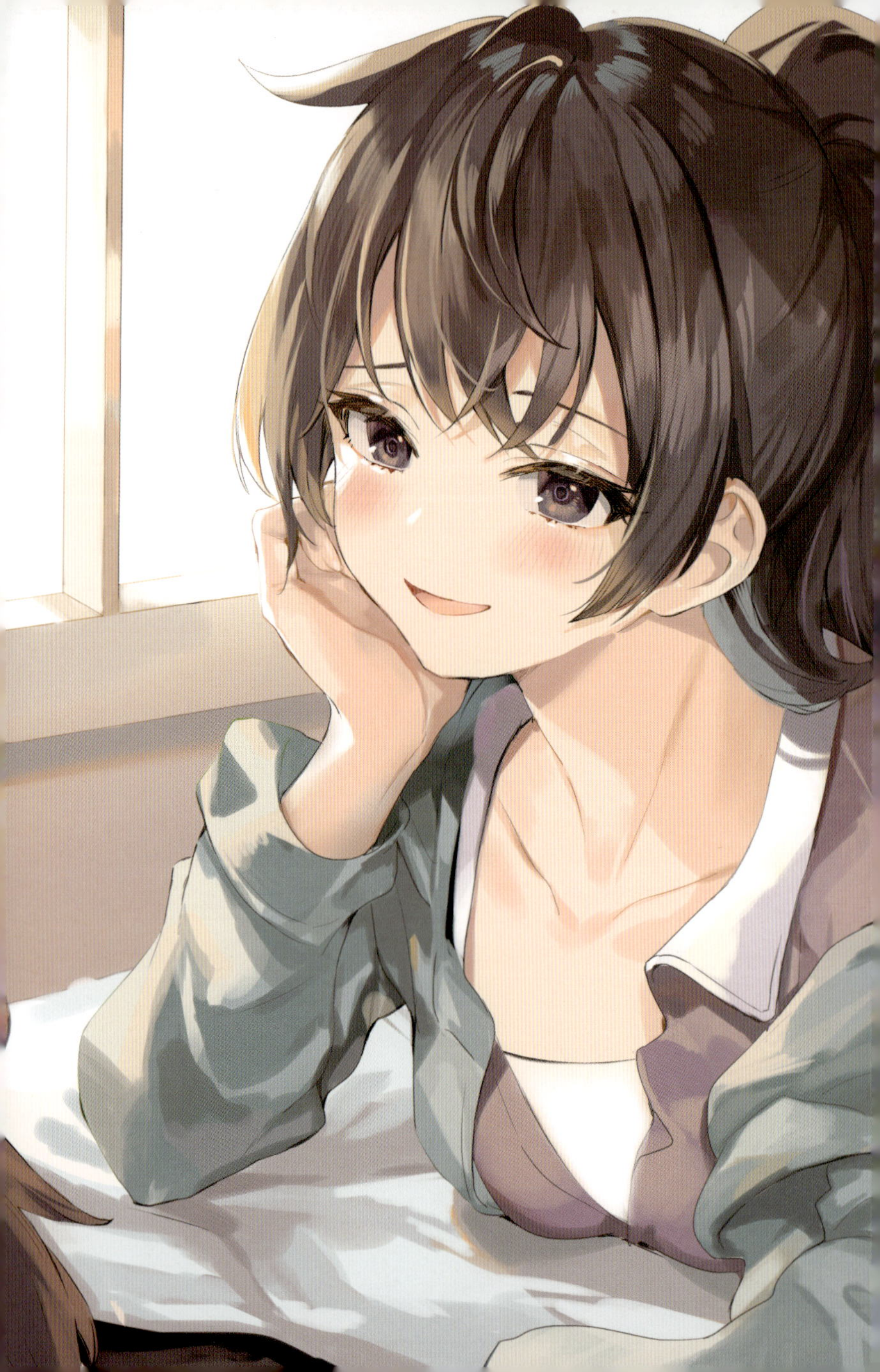

「Good morning〜」

『这件好看吗?』

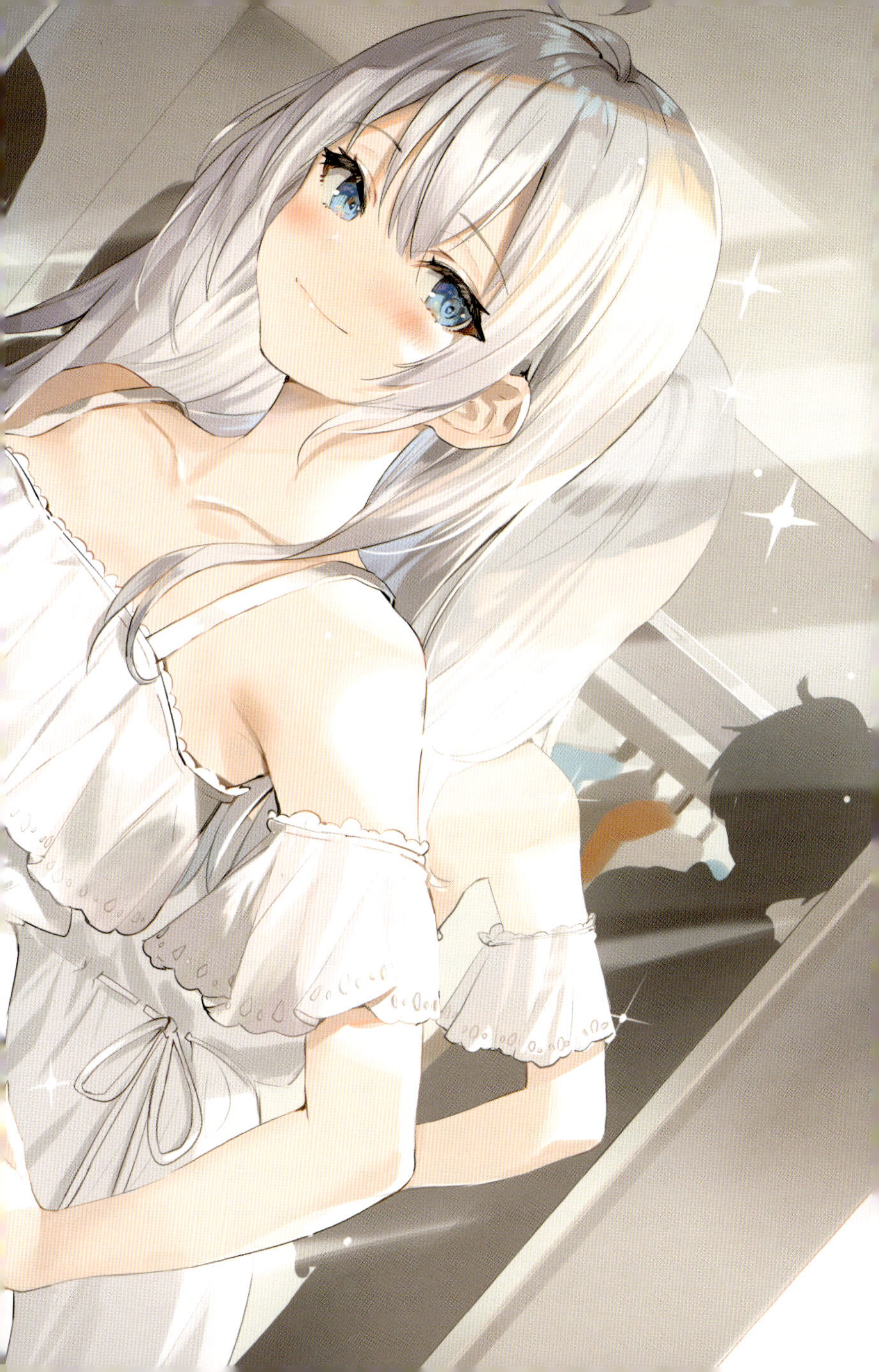

目 录

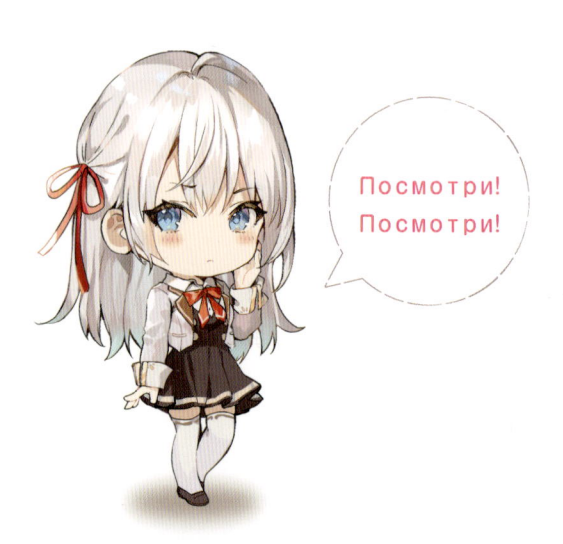

序　章　孤傲的公主大人与怠惰的邻人……001

第一章　错过免费扭蛋的话，会让人很不甘心吧……011

第二章　我才不是孤单一人呢……029

第三章　警察叔叔，就是这个家伙……053

第四章　姐妹情深，我并不讨厌……073

第五章　住手！不要再为我争吵了……110

第六章　我还是第一次见人面露死相……145

第七章　那可真是，人间惨剧啊……172

第八章　好吧，我明白了……192

终　章　那只手……223

后　记……235

Посмотри!
Посмотри!

> 序章

孤傲的公主大人与怠惰的邻人

私立征岭学园。

迄今为止已经培养了许多活跃在政界与经济界的毕业生，以冠绝全国的超高偏差值[1]而著称于日本，是一所涵盖初中、高中和大学的一贯制学园。该校历史悠久，昔日新旧贵族的子弟们也大多就读于此，是所沿袭优良传统的名校。

此时该校的学生们正漫步于林荫步道，一边与友人和同班同学聊着天一边朝着校舍走去，不过，在一位女学生踏入校门现身的一瞬间，现场的气氛骤然发生了变化。

那一刻，看见她的人无一不露出了惊叹的神情，目光也紧随她的身影而去。

"哇，那位女生是谁？长得也太漂亮了吧！"

"你居然不知道？她不就是之前在入学典礼上作为新生代

1.偏差值，指相对平均值的偏差数值，是日本人对于学生智能、学力的一项计算公式值。

表出现的那个人吗？是那位玛利亚同学的妹妹哦。"

"那个时候只能远远地望一眼……哇，我的天。近距离看的话，简直美得像精灵。"

"说的没错。我虽然和她同性而且大她一届，但在她面前也会自惭形秽呢。"

土生土长的日本人不可能拥有的白皙到透光的皮肤，如同蓝宝石般闪耀着的细长蓝色眼睛。

以及在朝阳映照下闪闪发光的，半扎起的银色长发。

从她遗传自拥有俄罗斯血脉的父亲的深邃五官中，能隐约感觉到来自母亲特有的那份日式的柔情绰态。

无与伦比的容颜，加上以女性标准而言偏高的身材和修长的四肢，身段曲线分明且玲珑有致，有着堪称实现了世间所有女性理想的出众身材。

由于特殊的色彩，使得美貌显得遗世而独立的她，名为"艾莉莎·米哈伊罗夫纳·九条"。从去年开始，自她作为初中三年级生转入征岭学园以来，一直保持着全年级第一的成绩。不仅如此，她还擅长各类运动，从今年开始更是担任了学生会会计的工作，是被誉为"完美超人"的名副其实的才女。

"喂，你看那里。"

"嗯？唔哦！是九条同学！一大早运气这么好啊！"

"我说，不如你小子去和她打个招呼吧。"

"不行不行！我哪敢啊！"

"喂喂，这可不像是平时能向任何美少女搭讪的你啊。就是去打个招呼，怎么，这就怕了？"

"笨蛋！等级不同啊，不如说是根本不在同一个次元！你要这么说，那不如你自己去啊！"

"不去。我才不做那种会让其他男生嘲笑我的蠢事。"

不论男女，都向她投以了羡慕的目光。大家都自然而然地放慢了脚步，往两侧回避，她则旁若无人地继续从容前进。

此时，一位男生走向了她。周围的人见此，都纷纷议论了起来。

"嗨，早呀。真是个清爽的早晨呢。"

男生说着这话并露出了爽朗的笑容，不过艾莉莎并没有停下脚步，只是瞥了他一眼，从领带的颜色认出了他是高年级的学长，于是轻轻点头回应。

"学长早安。"

"嗯，早安。算是初次见面吧？我是二年级的安藤，你姐姐的同班同学。"

"原来如此。"

自称安藤的男生头发被染成了褐色，制服也穿得很随意，衣领后能看见挂着的银色饰品，给人一种现代时尚男生的感觉，是个称得上英俊的美男子。但对此，艾莉莎的反应却显得相当冷淡。

在他甜美迷人的微笑下，周围的女生们发出了阵阵兴奋的尖叫，但艾莉莎却只回以面不改色的冷淡。

"我经常听你姐姐提起你的事……早就希望能见上一面。怎么样，方便的话，要不要午休时间一起去吃个饭？"

"不，这就免了。"

毫不犹豫地果断答复。如此冷漠的态度，让安藤微微露出了苦笑。

"哈哈……真是冷淡啊。既然这样，至少交换一下联络方式如何？我想更多地了解你。"

"不好意思，我对你没有兴趣。如果只是为了这件事的话，请恕我先告辞了。啊，还有——"

艾莉莎把视线投向安藤，伸手指了指他的脖子处。面对那一瞥而来的明眸，以及指向自己的纤细手指，安藤不由得收起笑容，瞪大眼睛微微往后仰了一下。

"那个，违反校规了。"

对安藤的慌张视若无睹，艾莉莎指着安藤挂在脖子上的银色饰品冷言提醒道，随即留下一句"失陪了"，便转身快步离开。

这场面让刚才还屏息凝神观望着的学生们又一次骚动了起来。

"好厉害，二年级女生中人气最高的安藤学长都被一口回绝了耶。真的就像是孤傲的公主大人一样呢。"

"她的标准可真高啊……真的有能配得上她的男生吗？"

"她根本就是对男生没兴趣吧?明明这么漂亮,太可惜了。"

"不对不对,大概正是因为她不会属于任何人,所以这样我们才能安心吧?"

"确实。要说偶像的话,她可要比那些偶像更加偶像呢。请让我能一直看着她吧,不如说请让我瞻仰她吧!"

"行了行了,你这样就有点恶心了。不过心情倒是能够理解。"

艾莉莎对自己身后正进行着的对话毫不知情,她进了校舍,在鞋柜换了鞋后,朝着教室走去。

至于刚才那位被她果断拒绝的男生,现在的艾莉莎已经全然抛在了脑后。

那种程度的事对她而言,太过稀松平常,根本没有刻意留在记忆里的价值。

万众瞩目也好,被人搭讪也罢,对于艾莉莎而言,都只是日常里司空见惯的片段。以及,将上述的一切都做冷处理,也同样并不值得在意。

抵达教室,打开门的她又一次吸引了全班同学的目光。

这也是每天早晨的惯例,艾莉莎对此漠不关心,径直走向靠窗最后一排自己的座位。

然后,她把书包挂在了桌子的侧面,若无其事地看向右侧的邻座。

在那里的是,仅仅因为姓氏的发音比较相似,就与自己的座位相邻长达一年多的男生。

　　坐在被誉为高中一年级两大校花之一的艾莉莎的邻座,这个被许多男生所羡慕的位置长达一年之久的男生久世政近。

　　"……"

　　此时的他正趴在桌子上,一大清早就开始呼呼大睡。

　　面对这副完全不符合名校学子应有身份的模样,一直面无表情的艾莉莎脸色微沉,眯起了双眼。

　　"早安,久世同学。"

　　"……"

　　即便面对艾莉莎的问候,双臂枕头趴在桌上的政近也毫无反应。看样子他不只是趴着,已经彻底坠入梦乡了。

　　眼见自己的问候被无视,艾莉莎眯起的眼神愈发锐利。目睹这一场景的其他同学不禁脸颊抽搐。

　　"喂,喂!久世?快醒醒!"坐在政近右前方的男生低声出言提醒道。只不过在政近对这呼唤有所反应之前——

　　"咣!"

　　"咕噗唔?!"

　　突然传来的一声巨大撞击声,伴随着桌子"嘎嘎"地横向移动,发出怪叫的政近一下子蹦了起来。原来是站在旁边的艾莉莎从侧面猛踹了一脚桌腿。

　　周围的同学们见状一齐露出"啊——啊"的无奈表情,转头望向别处。

作为品学兼优的尖子生，不论好坏，艾莉莎对其他人基本一直保持着不关心也不干涉的态度，但唯有在面对眼前这位学园懒散代表的同桌时，才会展现出严厉苛刻的另一面。这在同级学生们之中，已是众所周知的事情了。

因为基本上每天都能见到艾莉莎用尽显蔑视的刻薄话语数落政近，而政近则总是露出他那敷衍了事的态度，所以长此以往大家也都习惯了。

"早安，久世同学。这次也是深夜动画？"

仿若无事发生，艾莉莎再次朝着尚处于茫然状态的政近招呼道。

听到这声音，刚才还满脸诧异的政近抬头望向身旁，随即恍然大悟似的耸了耸肩，边挠着头边对艾莉莎回以问候。

"早、早上好啊，艾莉。哈哈，确实是这样。"

政近口中的"艾莉"这个名字，在俄罗斯正是"艾莉莎"的昵称。

虽说私底下偷偷这么叫的学生们有不少，但当着本人的面能用这个名字的，放眼整个学园，也只有政近一人而已。

那这到底是源于政近的鲁莽，抑或是来自艾莉莎的宽容呢？大家就一无所知了。

明明是睡到一半被踹醒，还沐浴在那般冷酷无情的目光中，政近却没露出丝毫恐惧的神情。

这副从容淡定的态度，又引来了周围人的一阵目瞪口呆，不过对他本人来说，这倒不是什么有意为之的难事。要论原因……就是他早已察觉到了艾莉莎对自己并无恶意。

（"咕噗唔"是什么啦！"咕噗唔"？嘻嘻，好奇怪的声音哦。）

来自艾莉莎的俯视目光中没有厌恶，反倒是眼眸深处满藏笑意。

看着一边发出怪叫，一边蹦起来的自己，想必她心里一定觉得很有趣吧。

不过艾莉莎似乎完全没察觉自己内心的想法已经被看了个精光，她坐回自己的座位，用略带嘲笑的语气说道："你呀，真是不长记性。哪怕晚上熬夜也要看动画，现在到了学园困成这样，不是一点办法都没有了？"

"哎，话虽如此，但动画的部分实际上到一点钟就结束了……是之后的感想会开太久了。"

"感想会？啊，就是在网上写观后感？"

"不是。是和阿宅[1]朋友打了大概两小时的电话。"

"你是笨蛋吗？"

伴随着这句话所释放出的轻蔑至极的眼神，政近忽地把目光投向远方，脸上浮现出一抹空虚的微笑。

---

1. 阿宅，指动漫爱好者，也称御宅族。

"呵呵……笨蛋吗?是啊。无论何时何地,都能对自己喜爱的作品坦率表达爱意。如果这样的家伙就是笨蛋的话,或许正是如此吧……"

"我收回我的话。你不光看起来是个笨蛋,实际上就是一个无可救药的笨蛋。"

"今天的艾莉也是状态绝佳呢。"

面对艾莉莎毫不留情的毒舌吐槽,政近也只是当作玩笑一般耸了耸肩,受之坦然。

眼见政近那般无所谓的态度,艾莉莎也只得无可奈何地摇了摇头。而此时正好预告三分钟后开早间班会的铃声也响了起来。

学生们陆续返回座位,艾莉莎也转向正前方,开始将书包里的教科书和笔记本放入课桌抽屉中。

在其他同学们都以不负名校学子风范的端正礼仪等待老师的时候,政近则是用力伸了个懒腰,打了个大大的哈欠,再用力眨了眨蒙眬的双眼。

斜眼瞧见这一幕的艾莉莎,转头朝着窗户的方向窃笑,以俄罗斯语轻声呢喃了一句:【Милашка.】(你真可爱。)

"啊?你说什么了吗?"

"没什么,只是说你'真不像话'。"

而敏锐地捕捉到那句低语的政近,一脸佯作镇定地把头转了回来。艾莉莎试图掩饰，他也就顺水推舟，装作是以为她在讲刚才自己打哈欠的行为，点头回应道"是我失礼了"，接着便伸手捂住嘴，又打了一个哈欠。

看见政近这样，艾莉莎略带嘲弄地挑起一边的眉毛，然后再次扭头转向窗户，嘴角浮现出一丝笑意。始终把表情藏着不让政近看到的她，实际此刻内心里正暗自窃喜着。

（笨蛋，完——全没注意到呢。嘻嘻。）

装作用手撑住脸颊的艾莉莎，强压住嘴角逐渐高扬的笑容。而在她的身后，则是政近充满怜惜的目光。

（不，全部都传达到了哦。）

艾莉莎所不知道的是——

其实政近听得懂俄语。所以那些她用俄语时不时脱口而出的真心话，全部清清楚楚地传达到了当事人耳中呢。

于是，在周围同学们谁也不知道的角落，两人之间那些乍听之下毫无甜蜜可言的对话中，实则正悄悄进行着那样滑稽又让人有些害羞的小互动。

第一章
错过免费扭蛋的话，会让人很不甘心吧

"嗯？"

政近在书桌抽屉里摸索着，随即又翻找起了书包内部，最后转头确认完教室后方储物柜里的东西后，整个人开始显得焦躁起来。

下堂课要用的教科书不知道去哪儿了。他看了眼教室的时钟，距离下节课只剩不到两分钟。目前这个时间点，哪怕去隔壁教室找妹妹借书，恐怕也有些不方便了。

实在是无计可施，政近只得往左蹭到艾莉莎的身旁，双手合十小声地问道："抱歉，艾莉。化学课本能借我一起看吗？"

听到这话，艾莉莎带着无奈又有点嫌麻烦的表情转过头来。

"什么？你又忘带了？"

"那个，大概是忘在家里了……"

"唉……那行吧，可以是可以啦。"

"多谢！"

见到艾莉莎一边叹着气点头应允，政近赶紧把桌子拼了过去。

"久世同学……你忘带的东西是不是太多了点？都是高中生了，丢三落四的老毛病是完全没改呢。"

"这也是没办法的事吧？而且说到底，教科书什么的，未免也太多了。"

作为一所私立升学型学园，征岭学园的课本数量称得上繁多到异常。

除了各科理所当然所需的课本与参考书，还有来自授课老师们自己编写的小册子。

而不知是重视传统或是出于其他什么原因，学生们的书包规格和十年前相比完全没有变化，这也就导致哪怕单单只放一天学习所需的课本与笔记本，书包就会被撑得鼓鼓囊囊。

为此，学生们都养成了把书本安置在储物柜中的习惯，只是在政近看来，这反倒是一件让人颇为头痛的事情。

"因为昨天在书桌上没看到，所以想着应该就在储物柜里……看来是猜错了。"

"主要是你没确认清楚的缘故吧？带了哪些东西回去，又把东西放在了什么地方，这些你都没好好记住才会这样的！"

"所言极是。"

"嘴上功夫倒是挺厉害的。"

"呜哇——好犀利哦——"

见眼前的政近毫无反省的模样，还用满嘴棒读[1]的语气说话，艾莉莎也只得无可奈何地摊了摊手。

她从书桌抽屉里取出化学课本，用略带怀疑的目光瞪着政近。

"所以，哪本书？"

"啊，那本那本。蓝色的那本。"

听他这么说，艾莉莎打开那本参考书，放在了两人桌子中间的位置。政近见此又道了声感谢，随后便开始认真听起了老师的讲课……吗？事实上是，政近迅速展开了一场与睡魔的殊死决斗。

（不行了……要睡过去了……）

昨晚睡眠不足，外加刚上完的第二节课还是体育课，这一切都让情况变得雪上加霜。

即便如此，在老师刚开始写板书的时候，他尚且还在竭力抗争，奈何等到老师开始向同学们提问的时候，无可阻挡的睡意如潮水一般席卷而来。

老师与学生们的一问一答，传到他耳里就如同摇篮曲，终于让政近慢慢……慢慢……打起了瞌睡……

"嗯咕？！"

但就在下一瞬间，政近的腰侧突然被自动铅笔的笔头狠狠

---

1. 棒读，形容一种毫无感情的说话方式，说出的语句如同一根棒子一样直上直下，缺少必要的抑扬顿挫。

戳了一下。

（肋、肋骨……肋骨的间隙！！）

他忍着冷不丁暗算所带来的强烈痛楚，咬牙扭头把抗议的目光投向了身旁的女生……结果却被扑面而来的，那纯度高达百分之百的轻蔑眼神迎头痛击，只得又悻悻地缩回了脖子。

在她那双细眯起来的蓝色双眸中，写满了"我都让你看了课本，结果你小子还敢打瞌睡，好大的胆子啊"的强烈意味。

"我错了……"

"哼。"

这下睡意彻底飞到了九霄云外，政近目视前方小声地道着歉。

可惜得到的只有对方嗤之以鼻的鄙视。

"那么，接下来这个空格里该填什么呢？我看看，久世，你来回答一下。"

"哎，啊，好的。"

突然间被老师点名回答问题，政近慌慌张张地站了起来。

但站归站，直到刚才还在半梦半醒的他，完全不知道该说点什么。

话说回来，甚至是连题目是什么他都不知道啊。而且用眼神偷偷向旁边发出的求救信号，也被艾莉莎彻底屏蔽，都没往政近这边瞥上一眼。

"怎么了？快点回答。"

"啊，那什么……"

干脆直接说不知道算了——正当脑海中浮现出这个念头的时候，身旁的艾莉莎轻轻叹了口气，指尖对着书上的某处"咚咚"敲了两下。

"啊！是②的铜！"

政近一边在心中对着艾莉莎连声道谢，一边说出了她所指示的答案。只可惜……

"错了。"

"哎？"

听到自己的答案被干脆利落地否定，政近嘴里不由得冒出了一个傻乎乎的音节。

（错、错了？怎么可能啊！）

在心中喊得声嘶力竭的同时，他又低头往旁边望去，只见艾莉莎还是一副事不关己的漠然表情。不对，仔细观察，她分明还在嘴角处掩藏了一丝笑意。

"那么旁边的九条，你来说。"

"好的老师，答案是⑧的镍。"

"回答正确。久世，上课要好好听讲。"

"我、我知道了……"

被老师说教一番的政近垂头丧气地坐回位置，但转头又向艾莉莎小声抗议了起来。

"别一脸淡定地告诉我错误答案啊！"

"可我只是想告诉你问题是什么呀。"

"少骗人了！明明就指着②吧！"

"恩将仇报，好过分哦。"

"眼里的笑意要藏不住了喂！"

面对眼前仿佛随时会"呜嘎——"一声大叫出来的政近，艾莉莎脸上露出了看笨蛋似的笑容，鼻里轻哼，然后用俄语呢喃了一句：【你真可爱。】

突如其来的真心话，让政近不得不拼命抑制住差点抽搐起来的脸颊。尽管因为反应过大，手都开始颤抖，但好在他还是忍住了，勉强保持住了若无其事的态度。

"你说什么？"

"说你是笨蛋哦。"

心里高声号叫着"又在骗人！！！"的政近，维持住了表情管理最后的平静。

政近之所以听得懂俄语，其实主要是受到那位热爱俄罗斯的爷爷的影响。

契机发生在小学生时代，那时的他暂住在爷爷家里，爷爷放了许多俄罗斯电影给他看。

政近从没去过俄罗斯，也没有是俄罗斯人的亲戚。

因为自己也没特别提起过这件事，所以在这所学园内知道政近懂俄罗斯语的人，应该只有隔壁班的妹妹了。

再加上他还请求妹妹不要随便讲出去，他人自然也就无从得知此事了。

现在回想起来，真的倒不如早些坦白为好。奈何事已至此，再怎么后悔也没有用了。

归根结底，现如今被迫参与这个听邻桌美少女用俄语向自己讲真心话的"羞耻游戏"，都是那时的政近自己造的孽啊。所以，他也只能心甘情愿地忍受了。

从内心深处涌出的那股无以言表的羞耻感，让政近涨红了脸，紧闭嘴唇，又深深呼出一口气，拼命压抑着。只是这副样子让艾莉莎误以为他在忍耐怒气，打心底觉得特别有趣，又一次喃喃自语道：【像小宝宝一样呢。】

政近的脑海中猛然浮现出了变成婴儿的自己，以及戳着自己脸蛋笑嘻嘻的艾莉莎。

（原来如此，你想挑起战争是吧？）

完全看穿了对方只是在居高临下地戏耍自己，政近的表情赫然变得严肃起来。

（谁——是小宝宝啊！你这家伙……就让你见识一下我的真本事吧！）

他瞥了眼墙上的时钟，确认距离下课还剩的时间。

（十一点四十分。还有十分钟……得在这段时间内想好反击策略……)

等等！此时的政近突然意识到自己忘掉了什么超级重要的事情。

（完蛋！中午之前截止的免费扭蛋的机会还没用！）

何等重大的失误啊！原本应该在上学前或者班会开始之前就抽掉的。都怪今天早上睡过头了，起来之后脑子都乱七八糟的。

（好险，幸好我想起来了。没办法，就等一会儿下课的时候再抽吧。）

把自己的思维完全转化为阿宅模式的政近，已经完全将艾莉莎把自己当成小宝宝这件事抛之脑后了。这么来看，他身上所具有的这份天真，似乎真的和小宝宝没什么两样，那么被别人说多少也算是顺理成章了——奈何他本人对此毫无知觉。

心不在焉地敷衍完剩余的上课时间，等老师后脚刚离开教室……他便光速将桌子移回原位，火急火燎地取出手机，用最快的速度点开手游界面。

目睹这一幕的艾莉莎蹙着眉，告诫道："除了紧急情况或出于学习目的之外，在学园内使用手机可是违反校规的。敢在身为学生会成员的我面前这么做，你好大的胆子。"

"那我可没违反校规。现在可是紧急情况。"

"以防万一我姑且问一句，紧急在哪里了？"

"想必不是什么正经理由"，如此想着的艾莉莎无语地看着政近，政近则故意用一脸坚毅的表情装模作样地回复道：

"是免费抽卡，还有十分钟就要结束了的免费抽卡。"

"哦，你是想被没收手机对吧？"

"我相信你不会做那种事的！"

"说真的，我现在就没收给你看。"

看着眼前一边比出一个大拇指，一边还抛了个糟糕媚眼的政近，艾莉莎的眼神变得愈发冰冷。只是政近对此没有特别的反应，全神贯注地看着手机，嘴里还喃喃自语："来来来，能出个R[1]我就满足了……话说回来，我好久没抛媚眼了，你别说，还蛮有难度的嘞。"

"为什么突然讲这个……"

"没什么，只是你想啊，虽然偶像们经常会做这个，演员们也会，但真的能抛出漂亮媚眼的人可是少之又少哦。"

"是这样吗？"

"哎？不难吗？无论如何，脸和嘴角都会抽动得很奇怪，与其说是准备抛媚眼，但实际上很容易就变成了挤眉弄眼的鬼脸吧。"

"才不会呢。"

"哦吼？那你不如直接让我见识一下，真正漂亮的媚眼是什么样的吧！"

---

1. 在日式手游的抽卡系统中，按照抽取获取难度从低到高一般分为 N、R、SR、SSR、UR 等，分别对应"普通"（Normal）、"稀有"（Rare）、"超级稀有"（Super Rare）、"特级超稀有"（Superior Super Rare）、"极度稀有"（Ultra Rare）等。

政近抬起头，咧嘴露出挑衅一般的笑容。面色阴沉的艾莉莎眉头一颤，周围听到此话的同学们也开始纷纷议论了起来。

感受到周围集中而来的视线，保持着不悦表情的艾莉莎转向政近，然后深深地叹出一口气。

"唉……看吧，不就是这样吗？"

只见她微微颔首，便抛出了一个漂亮的"媚眼"。

完全没在脸上的其他地方用出多余的力，只是非常自然地眨了下眼睛。

能见到孤傲的公主大人抛出那难得一遇的媚眼，周围的人爆发出了不知是骚动还是欢呼的"哦哦哦！"的声音，甚至还响起了零星的掌声。

但即便如此，作为提出这个请求的当事人的政近则——

"好耶！抽到SSR的月读[1]了！呃，啊啊抱歉，我刚好错过了没看到。"

"没收！"

"NO!"

被毫不留情地收走手机，爆发出悲鸣的政近，以及他面前双腿微分、两手叉腰，身板挺立如仁王像[2]一般俯视着他的艾莉莎。

---

1. 月读，为日本神话中的著名角色。被视作月亮的神格化身，是统御黑夜的神明。日本动画和游戏中常常借用此设定设计角色。
2. 仁王像，为日本佛教中守护佛寺的神像，常以双腿分开、两手叉腰的笔挺姿势站着。这种站姿一般被认为能传达出一种压倒性十足的威严和气势。

不知是出于愤怒还是害羞，艾莉莎的脸颊上飞起两朵红晕。

虽说不禁会让人想到这是政近针对艾莉莎上课捉弄行为的反击，但实际上他此时并无那个意思。但也可以说正是因为毫无恶意，所以更加叫人不好招架了。

就在这时，围观人群中三位男生的窃窃私语传入了艾莉莎耳中。

"喂，喂，拍下来了吗？"

"不行啊，这个角度稍微有点……"

"哼，还得看我的。抛出媚眼的那一瞬间，我可是精准抓拍下来了！"

"哦哦哦！真的假的？强啊！"

"那张照片发我！我出一千日元！"

"没收！"

"呃！是九条同学？！"

被用来偷偷拍照的手机被没收，三位男生一齐爆发出悲鸣。

"不是啊九条同学！我什么也没——"

"也没什么？"

"啊，不是，当我没说……"

试图装傻充愣负隅顽抗的男生，在被锐利的目光扫到后，瞬间变成泄了气的皮球，畏畏缩缩地瘪了回去。

但这也不能怪他。毕竟微微挑起下巴、用睁大的眼睛俯视他人的艾莉莎，其身姿散发出的威慑，可是有着连成年男子都不敢触其锋芒的压迫感。

西伯利亚的万里冰原，凛冽出她视线中的这一闪寒光。

在这股如肆虐的暴风雪一般的气场的席卷之下，刚才还因艾莉莎的媚眼而兴奋不已的其他同学们，瞬间齐刷刷地移开了目光，生怕自己也被牵连，大气都不敢出。

好似独行于"雪原"之上，拿着四部手机的艾莉莎回到了自己的座位。

但在只能低头默默等待暴风雪过去的学生们里，却有一位哪怕在如此威严之下，也毫无惧色的男生。

"求求了啊——大人您就发发慈悲吧！"

政近几乎是要扑倒在艾莉莎的脚下，双手合十，用可怜巴巴的表情苦苦哀求着。即便到了现在这个地步，他仍旧不肯放弃自己那随便、轻浮的态度——周围的人像是在看勇士（笨蛋）一样，纷纷望向政近。

"这事真没办法吧！因为是免费抽卡出的SSR，肯定会忍不住看手机啊！"

不只是哀求，政近甚至还试图为自己辩护。那些落在他身上的目光逐渐转为了"你这家伙认真的吗？"的震撼，而艾莉莎也继续维持着她那冷若冰霜的表情，把视线从政近脸上转移到被自己没收的手机上。

"SSR？月读？月读不应该是日本神话里的月之女神吗？怎么会是银发而不是黑发？"

"啊？大概因为是月亮的颜色？哎哟，反正够可爱就行，不要在意细节了。"

"嗯……"

看着面前露出得意傻笑的政近，艾莉莎的眼睛又眯了起来。

而她周围的温度也随之骤降，让人仿佛置身北极圈之中。

"哎？又怎么了？"政近心中暗忖，脸上的笑容也慢慢变得僵硬。

"总之，先关机，放学前我暂时帮你保管了。"

"等等，等等！！就这么关机的话，有可能还没存档啊！"

眼看艾莉莎就要无情地按住电源键，政近这下是真的急了。

"你只是对我有意见吧！但她可是无罪的啊！怎么处置我都毫无怨言，只求求你能放过她！"

"怎么说得我像是反派一样。"

如同心中挚爱被人抓走当作人质，政近使出浑身解数拼命地说情，只为能让艾莉莎网开一面。

鄙视，非常鄙视。但露出鄙视眼神的艾莉莎终归还是叹了口气，重重地把手机扔还给了他。

"感谢大人宽宏大量！"

"哼。"

看着拜倒在地双手膜拜的政近，毫不掩饰地用鼻子轻哼一声的艾莉莎尽显不快，转身将另外三部手机也物归原主。

在仔细确认了偷拍的照片已经被删得一干二净后，她气冲冲地重重落回了自己的座位。

"呜哇——真的是月读大人耶。还以为绝对抽不到了……"

"……"

回到座位的艾莉莎，一边用手指转着圈拨弄自己的头发，一边用闪闪发亮的大眼睛望向政近的手机屏幕，随后不满地嘟起小嘴嘀咕道：【我的头发不也是银色的嘛。】

突如其来的充满醋意的发言，让政近一下子全身石化。

"你、你说什么？"

确认自己绝对没有听错，政近面露尴尬地抬起脑袋。而艾莉莎只是用冷冰冰的视线瞥了他一眼，停下了玩弄头发的手指，说道："说你真是个'游戏废人'。"

"喂喂，这话就有点过分了吧。"

"什、什么嘛！"

见到难得露出严肃表情的政近，以及话中带刺的沉声反驳，艾莉莎不禁微微有些愣神。但很快她就反应过来，用"我可没说错"厉声反击，并回以更加强硬的目光。对此，位于紧张氛围正中心的政近，沐浴着周遭同学们行来的注目礼，开始用一本正经的语气解释道："如果连我这种无氪玩家都要被称作废人的话，对那些是真正废人的重氪[1]玩家们岂不是非常过分吗？"

"所言极是，想必无论是谁都不会想与你相提并论的。"

"好伤人！"

明明摆出了一副正儿八经的表情，结果却还是在说着那些不知所云的蠢话，艾莉莎用看垃圾的眼神狠狠刺了政近一眼。政近则是装出了仿佛真的受到现实的物理攻击一般，用手捂住胸口，"咕唔——"地喊了一声。

面对总是摆出的这副夸张到像是在演话剧的他，艾莉莎深吸了一口气，仿佛在说"真是够了"。

"真的是……我还想着你难得正经起来究竟要说什么呢……"

"喂喂，你这话说的。我不是一向都很正经吗？哪怕认为正经就是本人的最大优点，也完全没有一点问题吧！"

"那可真是本世纪最大的问题了。"

"本世纪才过了五分之一吧？！"

"唉……行了行了，快把手机收起来吧。"

无奈耸肩的艾莉莎露出精疲力尽的表情，伸手托住了下巴。

见此情景的政近，自我反省"是不是稍微有点做过头了？"，于是耸了耸肩决定今天就此作罢，不再多言。但就当他正准备把手机收好时……动作却突然被传入耳中的俄语狠狠定格在原处。

---

1. "无氪"和"重氪"为游戏用语，用以区分那些在手机游戏中不花钱游玩的玩家，以及那些即使花重金也在所不惜的玩家。这种在游戏中的充值行为被称作"氪金"。

【明明正经的样子还挺帅气的……】

这句让人不禁背脊发麻的低语,让他下意识转头看去。

"你说什么?"

"我说'真是白瞎我的期待了!'"

"啊,这样啊。"

"是啊,就是这样。"

看起来谁也没把内心的想法说出口,无论是在心中狂吼着"骗人啊啊啊——"的政近,还是一边想着"哼哼,笨——蛋——"一边悄悄吐了吐舌头的艾莉莎。只不过对政近来讲,由于依然能准确推断出艾莉莎的心中所想,这让他脸上的表情顿时又抽搐起来。

(全、部、都,传达到了啊啊啊啊——)

明知这样喊出来一定能让心情变得舒畅,但这么做的话吃亏的一方好像还是自己。

(唔,呜呜……)

即便明知自己无法公开这个秘密,但无论如何还是焦躁得让人牙痒痒。而就在他咬牙切齿琢磨着怎么才能让这个隐性傲娇属性美少女的真面目大白于天下的时候……教室的前门突然被推开了。

"好了同学们,今天我们稍微早点上课……慢着,久世你把手机拿出来干什么!"

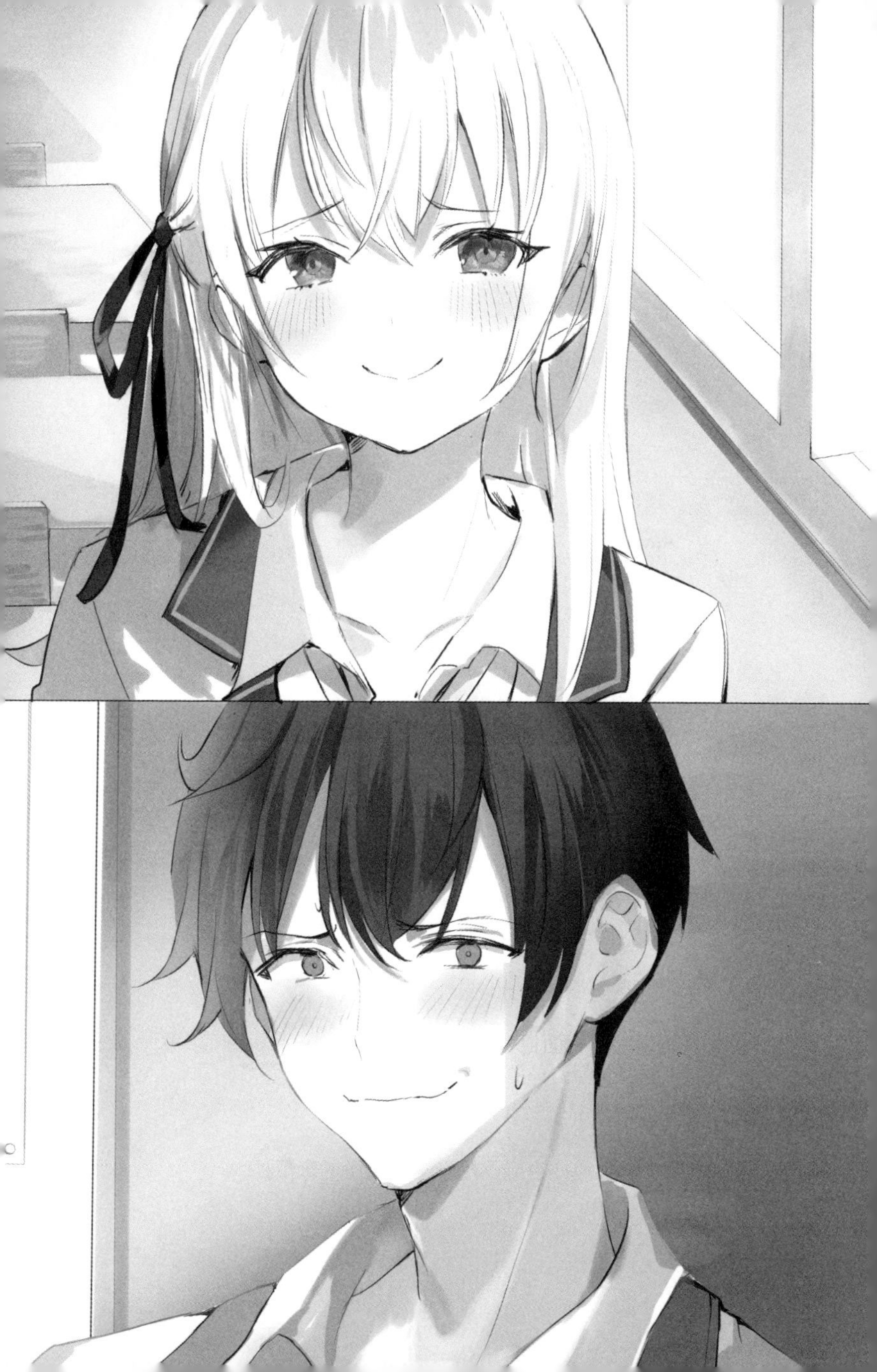

"啊……"

直到被进教室的老师严声质问时，政近这才意识到手机一直拿在自己手里，还没来得及放好。

"不、不是的，我是为了课题，准备查查资料什么的……"

"九条，是这样吗？"

"不是的，久世同学只是单纯在打游戏而已。"

"喂！"

"我就知道。你给我交上来，久世！手机没收了！"

"不要啊！等等，您说'我就知道'又是什么意思啊！"

见政近不情不愿地挪向讲台，嘴里还振振有词不断地向老师抗议着，望向他背影的艾莉莎无奈地叹了口气。

"唉……真的是个笨蛋呢。"

但与在心底嘟囔着的无可奈何的语气正相反，此时的艾莉莎嘴角正慢慢浮出了一抹微笑。只不过，似乎包括政近在内的同学们，谁都没注意到的样子。

"唔哦！那，那就是公主殿下的微笑吗？！"

"唔哦哦哦！此刻正是抓拍绝佳之时！"

"我来我来！该死，这相机怎么打不开了！"

"报告老师，还有那三位同学也在玩手机。"

"NO!!!"

确实谁都没注意到，除了三个真正的笨蛋。

第二章
我才不是孤单一人呢

人声鼎沸的食堂里，端着餐盘的学生们走来走去。

午休间，政近和两个朋友来到这里，站在门口看着每日菜单，琢磨着今天吃点什么。

"喔，面条上新了。"

顺着政近的目光看过去，是贴上了"新品上市"标签的麻婆拉面。

拉面和麻婆豆腐这对组合，对任何拉面都来者不拒且无辣不欢的政近而言，简直就称得上是为他量身定做的。

"麻婆拉面？听上去像是一道中餐叠加到另一道中餐上的玩意儿啊。"

说着这话，还顺便被自己逗笑起来的男生叫丸山毅。这位少年要比政近个子稍矮一些，剃着小寸头，是政近从初中时代认识至今的好朋友。

"毅，严格来讲，拉面和中餐可完全是两码事哦！"

"哎？居然是这样吗？"

"嗯，听说'拉面'这个叫法，是从日本诞生而来的。"[1]

科普着这些冷门小知识的人，则是清宫光瑠，和毅一样，也是政近从初中起就认识的朋友。他的头发和瞳孔都呈现出淡茶色，是位身材纤细、气质中性的美少年。

凭借着这张足以排进全校前五的绝美面庞，他刚走入食堂便迎来了不少女生热情投送的视线。

"你们选好了吗？"

"行了。"

"我也是。"

三人互相点了点头，走进食堂后用手帕或小包纸巾占好空位，便各自走向窗口取餐了。

点好午饭，三人返回座位准备用餐。其中最引人注意的，自然就是政近手中那一大碗麻婆拉面了。

"哇哦……看上去真的要比想象中还要红啊。"

"这玩意儿不会很辣吗？"

"嗯？完全不辣啊，倒不如说就因为不辣还有点可惜，当然总体味道还是可以的。"

坐在他对面的毅和光瑠，见到吸溜吸溜大口吃着麻婆拉面的政近，相继露出了不可置信的表情，作为当事人的政近反倒是

---

1. 此处指"拉面"的叫法诞生于日本，但名称的语源和食物原型均来自中国。

满脸写着淡定。

"嗯……给我也来尝一口。"

"啊,我也要。"

"行啊。"

"谢了……咳咳!你管这个叫不辣?!"

"唔,而且后劲好厉害,嘶,嘶……"

被激起好奇心的两人,伸出筷子一人夹了一口面条,结果却眉头一皱,急急忙忙地去找水杯。见这两人如此的狼狈模样,政近语重心长地劝诫道:

"喂喂,面汤里升起的蒸气如果都不能刺痛眼睛的话,怎么能叫辣呢?"

"什么奇怪标准啊!"

"就是说!"

"说到底,真正辣的拉面可是能直接辣到嘴唇都受不了,完全吃不下去的那种级别呢。"

"那什么,这种东西写作'辣味'但实际上是读作'痛觉'吧?"

"连嘴唇都受不了啊……"

"那其实胃也同样受不了的。"

"别吃那种百分之百会吃坏肚子的食物啊!"

就在毅大声吐槽的时候,食堂的入口处突然一阵骚动。政近等人也下意识朝那边望了一眼,刚好看到三位女生走入食堂。

"啊，是学生会的成员。会长和副会长……都不在呢。不过就算如此，三人齐聚一堂的场面也挺少见的。"

看着三人身影的毅发出感叹。而类似的反应也在食堂各处此起彼伏地发生着。三人所过之处，男生们无不躁动起来，女生们也投去了憧憬的目光。

有点像偶像们大驾光临的场面。实际上这三位少女的容貌，的确和真正的偶像们相比也不遑多让，甚至可以说还要标致许多。

"说真的，这九条两姐妹也太漂亮了吧。"看着三人中一头银发引人注目的艾莉莎，以及在她前面稍微娇小一点的女生，光瑠感慨道。

没错，走在艾莉莎前面的高二女生正是学生会书记，其名为玛利亚·米哈伊罗夫纳·九条，昵称玛夏，正是比艾莉莎年长一岁的亲姐姐。

只不过，姐妹给人感觉的色调和气场却是截然不同的。

与艾莉莎近乎透明的白皙皮肤相比，玛利亚的肌肤虽然也很白，但顶多也只是皮肤特别白的日本人的程度。

亮茶色的波浪卷发披到肩上，同样是亮茶色的微垂双眸中写满了温柔，与艾莉莎相比，她在外貌上与一般的日本人更为接近，是典型的童颜风格。

与看起来身材高挑、更有成熟风度的艾莉莎站在一起时，乍一看很难分辨出谁才是姐姐。但如果要是从她头部以下的傲人身材来看的话，作为姐姐的威严则是一览无余。

虽说艾莉莎的身材已经是普通日本人所望尘莫及的，但若从谁更有女人味的角度出发进行评价，那不得不说，明显是玛利亚要更胜一筹。

凹凸玲珑的体态，再加上那温柔的面庞以及周身散发的柔和气息，为她笼罩了一层不属于高二学生的母性光辉。

事实上，这正是有一部分学生赞誉她为"学园圣母"的原因。

"真好啊，九条学姐。真想亲近她啊！"

"但据说九条学姐已经有男朋友了喔。"

"就是说啊！真可恶，那个幸运的男人究竟是谁！"

懒懒散散的毅一听到光瑠说的这话，嫉妒让他瞬间严肃起来，把牙齿咬得震天响。而见此情况的政近，同样露出了意外的表情。

"嗯？你问是谁……毅，这事连你都不清楚吗？"

"什么叫'连我都不清楚'啊……只是有听说对方好像是俄罗斯人。"

"这样吗？"

"那就是异国恋了？听说九条学姐经常会在俄罗斯和日本两头来回跑。"

确实如光瑠所言，九条姐妹的父亲因为工作缘故，常年往返于日本和俄罗斯两地。从艾莉莎的情况来看，五岁前她都是在俄罗斯生活，直到小学一年级之后才来到日本。

而到了小学四年级的时候，她则又回到了俄罗斯，等到初三才再次返回日本。

"也就是说，这是持续一年以上的异国恋了……我果然是没一点机会了啊。"

"哈哈，迄今为止所有向她表白过的男生，可都是被她用这个理由悉数回绝了呢……"

"就算不这样，毅你也是没一点机会的啦。"

"吵死了！不过是和艾莉公主的关系好了点，你小子少在这里得意忘形了！"

见政近不留情面地将残酷现实搬到自己眼前，毅怒气冲冲地喊了他两句。

"嗯？虽说关系还行，但基本上我每天就只是在让她无语罢了。"

"就算那样，也比漠不关心要强吧。艾莉公主可是基本上和谁都不说话的。就算好不容易搭上话了，正事之外的话题她也完全不会再多闲聊半句。"

"也是，但毕竟我跟她坐了快一年多的同桌了……"

"不仅如此，当着她本人的面，用昵称来称呼她的，除了你小子也没别人了吧！"

"啊，那是……"

"呜呜，羡慕死我了。那位孤傲的公主大人，竟然允许你用昵称叫她。"

"这么想的话，你直接对她积极发动攻势不就行了？毕竟大家都是一个班的同学。"

听到政近说出这话，毅只是苦笑着摆了摆手。

"不不不，没用的。要接近那样的完美超人，几乎是不可能的。"

"所以你就去偷拍了？"

"那倒也不是，因为对方是位美女，大家都想这样吧。"

面对政近无语的眼神，毫无悔意的毅如实回答。

是的，没什么好隐瞒的，眼前这位毅，便是上午拿着手机偷拍艾莉莎，之后被没收手机的三人组之一的成员。倒不如说，他就是其中的主谋。

"真的，那可真叫一个大饱眼福。我可以看一辈子。那样的盛世美颜摆在眼前，我一口气能吃下五碗饭！要是再配上九条学姐的话，十碗饭也是轻轻松松。"

"毅，这就有点恶心了。"

"嗯，同感。"

正一脸陶醉地看向艾莉莎她们的毅，对身旁两位友人震耳欲聋的沉默，只是回以一副"其实不正常的是你们才对"的表情。

"怎么了啊，你们不这么想吗？那样的美少女，其他地方可看不见哦——"

"确实，我承认她们是美女……但你也别想得太过神圣。就说艾莉，如果去试着搭话，说不定会发现，她其实是个意外有趣的家伙！各种意义上的那种。"

"啊！出现了。所谓'只有我懂她'的主权宣言。炫耀，这就是炫耀吧？"

"不是啦——"

"有趣的家伙，是吧……能这么评价九条同学的，从某种层面上来讲，你也是挺了不起的。"

"什么意思啊，光瑠？你在说我不知天高地厚吗？嗯？"

"那倒没有……只不过看你每天被她骂，还能给她那样的评价，我由衷地感到佩服罢了。"

"啊……"

对光瑠的评价，政近心虚地移开了视线，不置可否地点了点头。

要论政近为何能对艾莉莎的数落不以为意，除了因为她确实没说错之外，更因为她时不时从嘴里蹦出的那些俄语发言，听起来实在是太过可爱了。

说到底，要是真的厌烦政近的话，想必艾莉莎也不会出言提醒，而是会选择彻底无视吧。那既然她没么做，反而也证明了其实她也挺接受这种与政近的小互动的。

第二章·我才不是孤单一人呢

如此想来，被说两句就说两句吧。只是其中的这些缘由，却是不能被外人知道的隐情。

"话说回来，你就从试着去搭个话开始？说不定，意外地也能聊下去？"

"是这样没错……但一想到去年的情况就……"

面对毅的踌躇，政近点点头表示理解。想起当年那如流星般璀璨而来的美丽转校生。

艾莉莎的突然出现，是当时校园内当之无愧的焦点。

其实长久以来，征岭学园转校生的数量都很稀少，原因就在于那难度高得吓人的转校生入学测验。

原本就已经是日本首屈一指的顶尖院校，其入学难度可见一斑，而转校生入学测验则要在此基础上继续拉高难度，是即便对于在校生们来说，能否有一成的通过率都很难说的地狱级别。

而能通过如此高难度的考试，且在第一学期的期中测验中拔得头筹的她，再加上那份花容月貌，理所当然地成了全校目光聚集的中心。

但是，无论男女，只要试图向艾莉莎搭话，都只能得到她那界限分明的态度。艾莉莎拒绝与任何人建立亲近关系。

后来，不知何时开始，艾莉莎获得了"孤傲的公主大人"的称号。

"果然在她们之间，要说最有希望的……只有周防同学了吧……排除下来的话。"

毅对着一位排队等待点餐的少女分析道。

她乌黑的长发垂至腰间，身材娇小，却恰到好处地展现出女性的柔美与匀称。乍看上去，或许比起玛利亚少了几分光彩夺目。

但是，依旧能从她端正的容貌中看出可爱和透露出的高雅气质。即便从远处看，她亭亭玉立的仪态与举手投足间的娴静端庄，都能让人感受到这位少女接受过的良好教育。

她便是担任学生会宣传一职的高一学生，名为周防有希。她出身的周防家累世公卿，历代担任外交官一职。而她本人作为周防家的长女，自然是货真价实的名门千金。

凭借着八面玲珑的社交能力以及优雅且利落的举止，她在学生们之中被称作"深闺的千金小姐"，是和"孤傲的公主大人"艾莉莎齐名的高一年级的两大校花之一。

"虽说同样是高岭之花[1]，但至少更容易搭话，比起艾莉公主的确机会要大很多。"

见毅独自一人嘴里嘀嘀咕咕，还给自己点头附和，光瑠把头轻轻一歪，露出了怀疑的表情："有机会？被周防同学回绝的男生告白数量，比起九条同学难道不是只多不少吗？"

"呃，哦……是哦。大概是对恋爱没兴趣？还是说，作为大小姐，实际上已经和别人定下婚约了？政近，你怎么看？"

---

1. 常用来象征珍贵而遥不可及的事物或人。

"你问我干吗?"

"啊?倒不如说,不问你还有谁啊。毕竟你和她可是,青、梅、竹、马!"

脸上写满嫉妒的毅,咬着牙,一个字接着一个字往地外蹦。而政近叹了口气,回复道:"就我所知,订婚对象是没有。至于她对恋爱有没有兴趣,我就不清楚了。"

"那你帮我去问下她呗。"

"我不。"

"为什么啊!你怎么能不为朋友两肋插刀!"

"真正的朋友才不会用友情当借口乱提要求的。"

"啊,这点我站政近一边。"

"咕唔!"

在毅被来自两人的十字交叉炮火正面击沉时,政近不经意地朝点餐区望了一眼。

在那里,取完餐的学生会三人正在找座位。看起来暂时并没有发现能同时坐下三人的空座。

但就在此时,注意到食堂的角落处有人举起手致意,玛利亚和其他两人不知说了什么,之后便独自一人走了过去。

恐怕是被高二的同学叫过去的吧。

而剩下的两人则继续环顾四周……突然,有希的视线和政近对上了。

认出了政近，她的视线随之平移，发现桌子旁正好还有两个空位。

（啊，八成是要过来了……）

就当政近下意识地这么想的时候，果然有希叫了一声艾莉莎，两人径直朝着政近的方向走了过来。毅也很快察觉情况，慌忙端正坐姿。

"政近同学，请问我们能坐在这里吗？"

听到有希这么说，跟在她身后的艾莉莎一下子轻皱蛾眉。只不过包括政近在内，三人的目光正全都聚集在有希身上，没人注意到她表情的细微变化。

"啊，我反正不介意。你们呢？"

"我、我也一样。"

"嗯，可以的。"

"谢谢。"

脸上浮现出动人的微笑，有希朝三人道谢，绕过餐桌坐在了政近的旁边。迟了一步的艾莉莎，则只好坐在了毅的旁边，也就是政近的右前方。

"啊，果然和政近同学点了一样的东西呢。"

正如有希所言，她托盘上放着的，是和政近相同的麻婆拉面。

但是大小姐模样的有希，似乎无论怎么看，都和眼前的 B

级[1]食物显得格格不入。

"周防同学……也会吃这种东西呢。"

见眼前的毅满脸写着紧张,有希从包里取出发圈,把头发束起扎在脑后,嘴角浮起一丝苦笑。

"不用那么拘谨啦,我们又不是不认识,更何况大家都还是同年级的学生。"

"不、不是,那个……好的。"

"而且,我也是会吃拉面的。虽然家里吃不到,不过放假了就经常会出门去吃哦。"

"哎——这倒是挺意外的呢。"

明明是学园中淑女形象的典范,却也有这样普通人的一面。有希的话让毅和光瑠不禁大感意外。这份反应让有希的苦笑略有加深,但也没再解释什么。只见她礼貌地说了一声"我开动了",便优雅地享用起眼前的拉面。在他旁边的政近则对毅使了使眼色。

(你小子,别太紧张了。)

(烦死了,我和你又不一样!)

(你不是想和人家拉近关系吗?紧张成这副样子怎么行啊。)

(对不起,那远在天边的高岭之花,对小人来说果然还是太勉强了。)

---

1. 日语中习惯将昂贵高档的食物称为"A级",而相对便宜普通的食物则称为"B级",前者多与名流贵族的身份相称,而后者则被视为一般平民的选择。

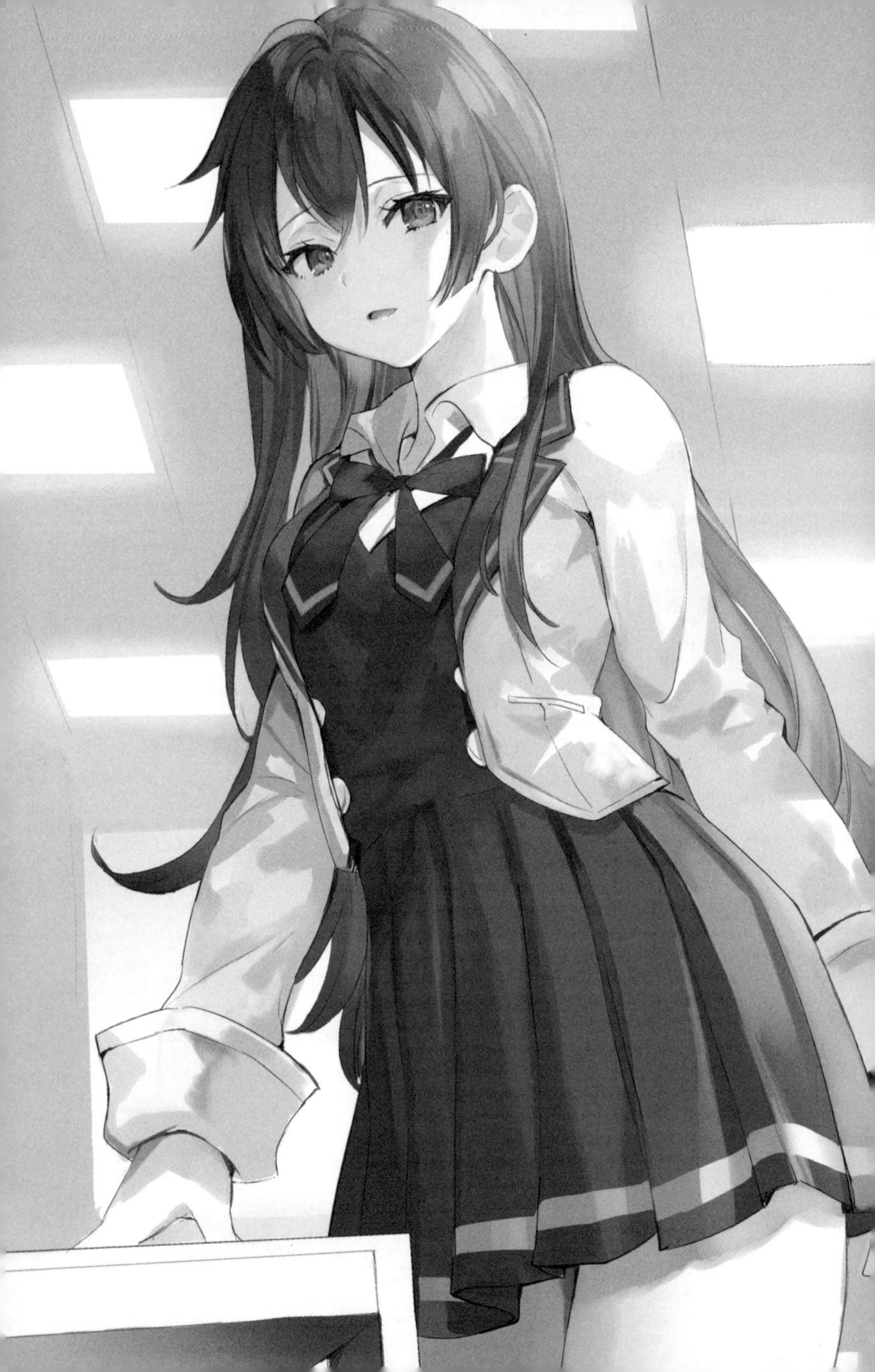

（放弃得好快！）

在政近和毅用眼神大聊特聊之时，尝了一口拉面的有希，轻轻吐出了一口气。

"味道挺不错的，就是再辣一点的话，应该会更好吃。"

"我也觉得，辣油应该再多放些。"

"桌上的自助调料有盐和酱油，但没有辣油。下次的学生会会议上，要不要针对这点提出建议呢？"

"慢着，这就有点太过假公济私了吧？"

对于政近的吐槽，有希轻声笑语道："开玩笑的。"

瞧见两人的亲密对话，将Ａ套餐默默往嘴里送的艾莉莎第二次锁紧眉头，可惜政近等人还是没能注意到。

虽然艾莉莎神态愈发严肃，但她还是稍微闭了闭眼睛，调整好表情，然后用若无其事的语气出声询问："你们二位关系很好吗？"

听到艾莉莎的困惑，有希转向她，笑着回答道：

"毕竟我们俩是青梅竹马嘛。"

"青梅竹马……"

"是啊，虽然从幼儿园开始就一直是同校，但很可惜的是，从来没能被分到同一个班。"

"原来……如此。"

对于这个解释，艾莉莎看起来理解了，但又似乎没完全理解，只是以非常含糊的方式点了下头。紧接着抛出问题的则是政近：

"那你们二位的关系又怎么样？"

做出回应的还是有希。她面带温柔微笑，看着眼前不知如何回答的艾莉莎，歪了歪小脑袋："应该算是正在进行时，对吧？至少我是希望能和艾莉莎成为朋友的。"

有希直率的回答让艾莉莎有些不知所措，她睁大眼睛，目光游离彷徨。

"我想，就算和我成为朋友，估计也挺无趣的。"

艾莉莎移开视线，说出了这句有些古怪的婉拒。可有希只是眨了眨眼，随即再度露出了笑容："也就是说，艾莉莎并不排斥和我成为朋友吧。"

"哎……嗯，是这样，没错吧？"

"好！那么就让我们成为朋友吧！好不容易进了同一个学生会，况且还是同年级的同学。啊，对了！可以的话，我能称呼你为'艾莉同学'吗？我听玛夏学姐和政近同学这么叫过你，一直觉得这名字念起来特别好听！"

"唔，嗯……这倒是没什么问题。"

"嘿嘿，好开心。还请多多关照！艾莉同学。还有，请一定要叫我'有希'哦！"

"嗯……还请多多指教，有希同学。"

双手合十露出开心笑容的有希，居然难得地让艾莉莎露出了有些畏缩的一面。

"感情变好是好事，但再不快点吃的话，拉面就要糊掉了哦。"

"啊！我都忘了！"

在政近的提醒下，有希慌慌忙忙地重新开始用餐。而对面一直用有些困惑的表情看着这一切的艾莉莎，在发现政近正看着自己后，表情开始变得有些古怪，似乎其中还藏有一些不满。

"话说回来，久世同学，平时你在周……有希同学面前，是怎么说我的？"

"哎？没什么特别的吧……就说你经常对我发火之类的。"

"别把人家说得像很爱发脾气一样啊！况且那也是久世同学你自作自受吧！"

艾莉莎扬起眉毛断然反驳，政近则说着"是，是，大人您说的是"，一边缩了缩脖子。将此情此景尽收眼底的有希，不由得"咯咯"地乐出了声。

"政近同学你也真是，没必要这么害羞，坦率地说出来不好吗？"

"啊？"

"艾莉同学，其实我总听政近同学对我说，因为觉得你是个特别努力上进的人，所以他一直都很尊敬你呢。"

"哎？"

"不是，再怎么说也没到尊敬的程度。"

"但是政近同学，每当你看到努力的人，都会无条件表达自己的敬意吧。"

"……"

似乎一切都已经被有希看穿了，政近只能尴尬地移开视线，试图用眼神向对面的毅和光瑠求救："你俩也说点什么啊！"。于是，准确接收到信号的两人，在默默相视一笑后，默契地点了点头，随即端起托盘迅速起身。

"大家请慢用，我们吃完就先告辞了。"

"先走一步了。"

对眼前不带一丝犹豫就果断选择了背叛的两人，此时的政近除了用眼神恶狠狠地发出抗议，拿他们毫无办法。

（喂！）

（不行啊，总觉得对方太过耀眼，我是扛不住了。）

（我也一样。其实我并不擅长应对女孩子呢。）

忽视政近的抗议，赶忙移开视线的两人，脚下生风，快步离开了食堂。而就在政近满眼怨恨地盯着他俩的背影时，耳边突然传来艾莉莎用俄语的小声嘟囔：【那算什么嘛，真是的……】

转头定睛观察，此时艾莉莎的神情有种形容不出的古怪，明明表面上看是在闹别扭，但实际上还能读出其中蕴藏的一点若有若无的欣喜。可是，当她发现回过头的政近正盯着自己时，又迅速把视线移回了手中的餐具上，继续默默地吃着碗里的食物。

此时的政近，由于早已把自己碗里的拉面连同面汤一滴不剩地吃了个精光，只能选择继续百无聊赖地看着艾莉莎。而感受到目光的艾莉莎则再次仰起脑袋，看着他低声自语道：

【不准看我，笨蛋。】

随后她便将头埋得更低，专心享用午餐。见她这般模样，政近不知为何，心中突然涌起了一种温柔的情感。

（原来如此，是听说我尊敬她，所以害羞了吧。嗯嗯，真是好懂。）

不过就算如此，他也没打算乖乖听话。并非没听懂俄语抑或不解风情，单纯只是想在此时故意用出"哎？你说啥"这样的撒手锏罢了。

旁边的有希虽然听不懂俄语，但敏锐的她还是察觉到当下餐桌上的气氛莫名变得有些微妙。于是为了改变现状，用"话说回来……"作为开场白，她开始向政近搭起了话：

"政近同学，之前邀请你加入学生会的事考虑得如何了？"

听到有希这么问，政近突然不耐烦地露出了"还有完没完"的表情，而艾莉莎也停下了手中的筷子。

"要我说几次啊？都说了不想加入。而且，前段时间不是刚补充了新成员吗？"

"补充是补充了……只是，没做多久就……"

本届新学生会的领导班子成立于六月初，大概是一个月之前的事。

与其他一般的学生会不同，这所学园的学生会的选举制度有些特殊。即，是由会长与副会长以搭档的形式共同参选，而剩余其他的学生会成员，则由当选后的会长与副会长亲自任命。

因此，学生会成员的数量并不固定，每年都在发生变动。今年的学生会干部，除会长与副会长之外，便是由担任书记员的玛利亚、担任会计的艾莉莎，以及负责宣传的有希，总计五人组成，仅此而已。干部之下承担日常总务工作的一般成员，则是连一人都没能确定，简直称得上是光杆司令部。

"不是说因为男生们容易色迷心窍，无法好好工作，所以要找些女生们加入吗？你上次提到那新招的三人，不会现在全都辞职了吧？"

"那个……她们都说自己能力不足，难以胜任，所以就都……"

"啊……"

听到这话，政近隐约能理解是怎么回事了。

说到底，除了会长，现在的学生会领导班子全都由女生组成已经够惊人了，更何况副会长和作为书记的玛利亚，还是高二学生公认的年级两大美女，剩下的艾莉莎和有希则是高一年级的两大校花。

仅仅是上述这些名号就足够让人望而生畏。再加上同为一个年级的艾莉莎还是年级第一的才女；反观有希也不遑多让，初中部的她曾经直接担任过学生会会长。由此看来，大概无论是谁，加入其中难免会感到压力的巨大吧。

在无论是容貌还是个人能力上，都对自己展现出了持续性的碾压优势。对一般的女生来讲，要求她们这种情况下还能坚持做下去，想必多少有点强人所难了。

反过来，对于男生们来说，他们中的大部分人本就动机不纯，比起参与工作，主要是更希望能有机会和美少女们拉近关系，才会选择加入进来的。而剩下那些有心好好工作的人，则也会因为和领导干部们的能力差距过大而心灰意冷，最后选择离开。

"光看这一点，政近同学在工作能力上就肯定没问题，也能与我和艾莉同学配合无间。毕竟你也曾是学生会的副会长呢。"

"哎？"

听到有希的话，艾莉莎明显因为震惊瞪大了双眼。没理会这份目瞪口呆，政近只是抗拒地板起了脸。

"久世同学，曾经是副会长？"

"没错呢。是在二年级的初中学生会，那时我担任会长，而副会长正是政近同学。"

"这样啊……"

"陈年旧事，不提也罢。反正我是再也不会干第二次了。"

仿佛打心底里排斥这件事，政近满脸厌恶，使劲摆了摆手。

看到他如此反应的有希，则露出了有点为难的笑容。

然后，她转向还处在震惊中的艾莉莎，歪了歪小脑袋，给她解释道："艾莉同学可能会有些意外。但你别看他现在这样，需要认真的时候，他真的是非常可靠呢。只不过平时大多时候就是这副样子了。"

"这副样子？我平时什么样子？"

"嘻嘻，你说呢？到底是什么样子呢？"

有希的解释似乎有些刺激到艾莉莎，她露出赌气的表情，不满地看着面前两人的亲密斗嘴。

【那种事，我也是知道的。】

轻声嘟囔的这句俄语，奈何并没能传入对面两人的耳中。

"那么，我先回学生会办公室一趟。"

"行的，那放学见。"

"嗯，我们放学见。"

"拜拜。"

"嗯。还有，加入学生会的事，要不再考虑考虑？"

"都说了不去——"

"呼呼。"

"你那一脸'我懂我懂'的表情是怎么回事。"

"没有啦。总之先回见了。"

离开食堂后不久，政近与有希告别。面对微微鞠了一躬优雅离开的有希，政近只是背对着她，随意地挥了挥手。

就在此时，身旁的艾莉莎用比平时还要冷上两成的冰冷语气，冷不丁地刺了过来："你们俩真的是关系很好呢。"

"很意外？"

"是，我很意外。没想到你居然还有女性朋友。"

听到艾莉莎辛辣讽刺中的挖苦，政近挑了挑半边眉毛："哎？你在意的是这部分？"

"那又如何？"

"不是，因为那什么……"

然后，他露出了一副"你问的这是什么问题"的表情，注视着艾莉莎，说道："女性朋友。"

"……"

听到这话，艾莉莎面无表情地慢慢眨了眨眼，随即微微歪了歪头。

"我们俩……是朋友？"

"哎？不算吗？"

"……"

听到政近发出真情实意的困惑，艾莉莎沉默半晌，突然间转过了身子。她背对着政近，用像是极力压抑住某种情绪一般的平静语气回答道："也对，我们是朋友。"

撂下这句话后，艾莉莎便朝着有希的方向快步追赶了过去。

"喂喂——你要去哪儿啊？"

"我突然想起来，有事要回学生会室一趟……你别跟过来！"

艾莉莎头也不回，甩下一句明确的拒绝后，便快步离去。

"这是什么情况啊……唉，算了。对了，是时候去找那两个临阵脱逃的家伙算算账了。"

被独自留下的政近，嘴里念叨着这般恐怖的话语，一个人返回了教室。

那天下午，在一部分学生之间开始流传起了"艾莉公主边哼着歌边走过走廊"的传闻，不知是幸运还是不幸，这些话并没能传入政近的耳中。

第三章
警察叔叔，就是这个家伙

翌日，政近比平常大约早了一小时到校。

倒也没什么特别的理由。

原因之一就是单纯比平时早起了一小时而已。

难得能在早上如此清爽地起床，政近想到要是贸然睡回笼觉，很可能由于睡不着翻来覆去，最后又一不小心睡过头。因此干脆一不做二不休，早点来学校。

另一个原因则是今天刚好轮到他值日了。

根据学园的规定，按照学号顺序每两人一组轮流值日，而同时，这两人也会被安排同桌。所以，今天政近的值日搭档正是艾莉莎。

虽然政近对自己嫌麻烦以及爱偷懒的性格有着非常清晰的自我认知，但即便如此，他也会注意避免给别人添不必要的麻烦（至于因为忘带教科书而去求艾莉莎借自己一起看，这种小事在他看来这并不属于添麻烦的范畴）。

所以，再怎么嫌麻烦，轮班打扫和值日工作也不应该拖拖拉拉。但终归也只限于按部就班完成自己的分内之事，这也正是他的一贯作风。只不过，今天他的心情似乎有些不同。

"嗯，不愧是我，完成得堪称完美。"

站在讲台上的政近，环视着空无一人的教室，满足地点了点头。

桌椅井然有序，班主任要发还给大家的笔记本也被理得整整齐齐。

黑板上没有一丝的粉笔灰残留，黑板擦同样不染粉尘。

这些都是艾莉莎平时值日时自愿做的事情，按理说并不包含在值日生的工作之中。但既然难得起了个大早，政近似乎有点想试着对她说出"哎？你说你平时要做的那些事？已经全都做完了哦"这样的话。

他回到自己的座位，等待着要比平日里更早到校的艾莉莎。

几分钟后，艾莉莎果然出现了。打开教室门，意外看到政近身影的她，不由得瞪大了双眼。

"哟，早上好。"

"早安，久世同学。"

艾莉莎环顾了一圈教室，发现平日里自己要做的工作今天已经全部被做完了。意识到这点的艾莉莎微微蹙眉。反观政近，则是露出了得意扬扬的笑容。

"今天我难得起得早，因为很闲，就全都顺手做掉咯。"

"久世同学能早起,难道今天会下雪吗?[1]"

"艾莉同学,你这日语水平当真是突飞猛进啊!"

"那你等会儿上课,要当心别又睡过去了哦。"

"会、会注意的。"

听到政近没什么自信的心虚反应,艾莉莎无奈地叹了口气。接着,她用轻声但不容置疑的口气对政近说道:

"那上午擦黑板的工作,就让我来做好了。"

见她一点都不愿欠人人情的模样,政近不禁露出苦笑。

倒不是说政近有意让艾莉莎欠下自己的人情,而是有点担心艾莉莎这份过强的自尊心。

但两人相处一年多的经验告诉他,这个时候说什么都是没用的。所以政近只是利落地说了句"那拜托你啦",便没有再推辞。

见他答应得这么干脆,艾莉莎再次露出有些不满的表情,点了点头后,便迈着有些古怪的步子走向了座位。

这个步伐透露的浓浓违和感让政近突然察觉,今天艾莉莎的过膝袜怎么有点湿乎乎的样子?

保险起见,他往窗外看了一眼,但其实不用看也知道,今天是个大晴天。昨天半夜似乎有下过大雨,但到了今早,已经看不出一点痕迹了。

"你那袜子怎么湿了?是不小心踩到水坑里了吗?"

---

1. 是一句日本的俗语,意在说明某件事的发生很稀奇,与中文"太阳打西边出来"相近。

"不是。你以为我是你啊。"

"你说谁一年到头都是个傻乎乎的冒失鬼啊？！"

"倒也没到那个程度……其实是被卡车溅起的水花弄湿的。"

"啊，那可真是飞来横祸。"

"唉，在车道旁走路的我也有一部分责任就是了。但没事，我还准备了备用的袜子。"

话是这么说，但坐下的艾莉莎，还是露出了一副很不舒服的表情，嫌弃地把室内鞋蹬了下来。接着，她把右脚踩在椅子的边缘上，当着政近的面开始慢慢地脱下过膝袜。

平日里被白色过膝袜包裹着的玉足，现在一下子暴露在政近眼前。那双笔直修长、令人惊叹的雪白长腿，在窗外射入的晨光中熠熠生辉。抬起的腿上，裙摆轻轻滑动，边缘微微掀起，皓质呈露，撩人心弦。

终于脱掉了湿透的过膝袜，艾莉莎像是沉浸在某种解放感中，自然而然地伸直了膝盖，让潮湿的赤裸右腿得以充分暴露在空气之中。只不过在政近眼里，眼前的场景却让他有种说不出的心神不定，只得偷偷移开了视线。

明明只是脱下过膝袜，他却有种偷看了美少女更衣或是入浴而产生的强烈负罪感，这感觉莫名其妙地涌上心头。而当反应过来面前的艾莉莎实际上是一位绝世美少女之时，这种罪恶感又转化为更加焦躁的坐立难安。

"呼……"褪去过膝袜的艾莉莎,随身取出为下雨天准备的小毛巾,擦干双腿后一脸舒坦地吐气。

不经意间抬头,她发现政近明明身体转向自己的方向,脸上却挂着尴尬的表情故意错开视线,直勾勾地盯着斜下方的地板,这不禁让她有些诧异。

那平日里不管干什么都从容不迫的政近,不知为何,现在居然露出了脸红心跳的窘迫神色……见此场景的艾莉莎,嘴角露出了一抹不安好心的坏笑。

艾莉莎摆出一副想要恶作剧的邪恶表情,重新朝着政近伸出右腿,用脚趾灵巧地夹住政近的裤脚,轻轻拉扯了几下。

"喂,可以帮我去柜子里拿一下备用的过膝袜吗?"

"哈?"

"你看我袜子都脱了,光凭自己也过不去吧。"

然后,艾莉莎像是在暗示"光看就知道了吧?"一般,提起足尖,灵巧地交叠起双腿。

这一瞬间,政近几乎能从正面直接看到艾莉莎的"绝对领域"[1]。他方寸大乱,赶忙瞥向别处。

看到政近慌乱的模样,艾莉莎邪恶的微笑愈发猖狂。她手肘撑在椅背上,单手托腮,尽情品味着自己小心思得逞后的愉悦。

背对朝阳,笑逐颜开的艾莉莎,倩影靓丽如画。

---

1. 绝对领域,指裙下摆到过膝袜上方之间裸露的大腿皮肤。

艾莉莎简直如同一位对自己的仆人提出无解难题并以此为乐的刁蛮公主，或者说，是对自己部下尽情发布无理任务的反派女干部。

（无论是礼服还是军装，此刻的艾莉莎想必都十分适合呢——）

放任自己的思绪朝着乱七八糟的方向飘飞，政近匆忙起身，走向了教室后方的储物柜。

用视线征得了艾莉莎的同意，他打开柜门，看到了柜中整理得一丝不苟的教科书和工具箱。

而在深处摆放着的折叠伞下方，透明塑料袋中正放着一双过膝袜。

那股觉得自己正在做什么不该做的事的不安感再度袭来，他不再多想，动作利索地连同塑料袋将过膝袜取出，匆忙地回到座位上说："给你。"

他错开视线，盯着艾莉莎脸旁边的位置，抬手把袜子递了过去。只不过，此时斜靠在窗框上的艾莉莎，嘴里说出的话却仿若惊雷在政近的耳边炸响。

"你来帮我。"

"啊？"

爆发出怪叫的政近满脸震惊地看向艾莉莎，只见她正抬起右腿。

大概因为此时教室里没有别人，艾莉莎脸上挂着坏笑，歪了歪脑袋。

"怎么了？"

"不是，要问这句话的是我才对吧！你怎么了啊？"

"这是对你帮我取袜子的谢礼。或者说是，奖赏？"

"不不不，把这种事当奖赏的，只有一小部分特殊的……"

"哎呀？居然不是吗？"

"不！你说得对！这就是奖赏！"

面对装模作样露出意外表情，并在胸前交叉双臂，顺便交换了一下交叠双腿的艾莉莎，政近猛地一个偏头，移开视线的同时发出了诚实的大喊。

就这么顺势说出"闹够了吧？！求求放过我吧！！"……他原本是这样打算的。但在开口之前，艾莉莎嗫嚅的俄语，小声传入了政近的耳中。

【对我来说也一样就是了。】

扭头一看，之前恶作剧的坏笑已荡然无存。

取而代之的，是艾莉莎脸上不自觉浮起的潮红。她一边拨弄着头发一边移开视线。看到她这副模样，政近此刻的头脑风暴开始朝着奇怪的方向一路狂奔。

说到底，到底为什么艾莉莎喜欢用俄语来掩盖自己的真心话。

曾经的政近，在考虑后得出的结论是，"艾莉或许是个精神暴露狂"。

作为一个完美主义的努力派。为了自己和自己的理想，她总是严于律己，不断努力。

但政近有听说过，越是这样平日里压抑自己的人，越是需要一个宣泄自己压力的途径。

因此，对于艾莉莎来说，用俄语吐露真心话的这个行为，应该就是出于这个目的吧。

就像是在公共场合不穿内衣裤，光着身子散步的暴露狂一样，艾莉莎故意在他人面前这样，便能在"自己到底是否会被发现"的极限刺激中，体会到心理快感。

政近自己是这么推测的。但他真正想表达的是……

（所以现在的局面是"你情我愿"，那我可就不客气了！！）

根据政近的理论，艾莉莎是那种能在这样的局面中获得快感的一类人。因此，艾莉莎爽了，他也爽了，这就是所谓的双赢关系！

如果是从别人口中听到这种理论，他一定会连珠炮般发出吐槽"什么乱七八糟的推理""精神暴露狂又是什么啊""罪犯什么的，所有人都会宣称自己的罪行只是在双方你情我愿后发生的结果哦"，等等诸如此类的话。但可悲的是，在政近自己的脑海中，却并没有人担任吐槽役[1]的工作。

话虽如此，此时的政近还略显踌躇。因为现在的局面，是

---

1. 吐槽役，指一个群体中，专门负责对他人的发言进行吐槽的人。

建立在俄语发言的基础上才能成立的。比起这个，应该以日语先征求到对方的许可才行。

"你刚说了什么？"

顺从了自己因纯粹邪念而诞生的企图，此刻的政近重新面向前方，出言问道。艾莉莎随即露出挑衅般的笑容，正如政近所预想的那样，她开始试图掩盖自己的想法。

"没什么啊？就说'你可真是个胆小鬼'罢了。"

就等你这句话了！政近心里暗自狂喜，表面上却还是做出一副颇为意外的表情。见他这样，艾莉莎露出轻蔑的笑容，接着调整了坐姿。

"算了，也行。那我就自己来……"

"不，没有那个必要。"

"哎？"

正当艾莉莎伸手要拿过袜子时，政近突然手持袜子单膝跪地。这着实吓了她一跳，眼里满是惊讶。

但还不等她反应过来，政近果断出手。

"啊？！"瞪大眼睛的艾莉莎，急忙说，"啊，啊！等一下啦——"

差点就要按捺不住发出奇怪的声音，艾莉莎就这么一边压住裙子，一边用另一只手捂住了自己的嘴。

见她反应这么大，政近有些傻眼地看着艾莉莎。但还是嘴角露出诡计得逞般的坏笑，出声说道："怎么了，不是你自己说的要我帮你吗？"

"是，是这样没错，但是——"

"而且被说是胆小鬼什么的，就算是我，也会感到自尊受挫的哦。"

"你慢点，慢点！"

但是，政近才不管艾莉莎说什么。

"哈噗嘶？！"

情急之下的艾莉莎使出一记漂亮的飞踢，完美命中了政近的下颚。政近就这么一屁股坐到地上，后脑勺狠狠撞到了自己的那张椅子。

"咕唔！！"

"啊，抱，抱歉。没事吧？"

看着躺在地上蜷缩身体抱头闷哼仿佛随时要背过气的政近，艾莉莎心中的担忧终究还是占据了上风。一时间忘了自己的害羞与愤怒，转而关心起眼前的政近。只见政近在她面前颤颤巍巍地伸出右手，用食指抚过地板。

那模样，就仿佛濒死之人在拼尽全力试图留下自己的死亡讯息。

虽说其实政近的手指上并没沾上血，只是用指尖在地板上摩挲着，但艾莉莎还是清晰地认出了他想写的文字内容。

"粉色。"

就在认出字迹的一瞬间，艾莉莎又羞又怒，脸颊涨得通红。

"你这……唔——"

看着地上躺着的这家伙，艾莉莎气得一时间不知说什么好，右手反复握拳又放松。只见她伸手猛地从桌上将另外一只袜子抓到手里，迅速套在腿上。

将在室内鞋重新穿在脚上后，艾莉莎还用俄语朝着躺在地上的政近大喊着：

【真是不敢相信！笨蛋！去死吧！】

像小孩子一般撂下这几句怒骂后，气冲冲的艾莉莎踏着震天响的步子走出教室。刚要进来的两位同班女生被如此失态的艾莉莎吓了一大跳，慌慌张张地让出空。

"哎？怎么了？艾莉公主刚才好像叫了好大一声？"

"还是俄语？对吧？发生什么事了？哎？公主大人气疯了吗？"

两人露出错愕的表情目送艾莉莎的背影远去，然后不经意间朝教室里看去，发现了正揉着后脑勺的政近。

"早上好，久世……发生什么了吗？"

"啊，早啊……没有，没什么特别的。"

"早上好，久世同学。你的头撞到东西了吗？"

"没事啦……就是，好像这个位置长了颗痘痘的样子。"

"嗯？"

坐在自己座位上的两人满脸写着狐疑，歪着头看向政近。

政近则是故作镇定，好似完全没注意到这两股视线一般，拿出手机，给妹妹传起了短信。

"老妹啊，完蛋了。"

大概是因为正好在来学校的车上。发出的消息瞬间变为已读，随即传来回复。

"怎么了？我亲爱的兄长大人。"

"听完别被吓到啊，其实……"

"（紧张地咽口水）"

对面传来一张被吓得瑟瑟发抖的二次元表情包。就在这都能溢出屏幕的紧张感之中，政近懊悔至极地在输入框中敲下内容，点击发送。

"我啊……有可能是个……"

"你说什么啊？！"

"呃啊……是啊！可恶，我都没想到我居然还有这种隐藏癖好。"

"原来如此……你小子终于开始明白……"

"可能吧，现在看上去的确是这样。"

"唔姆……但话又说回来，老哥。"

"嗯？"

"我们这是什么古怪对话啊。"

"抱歉。"

隔着屏幕被妹妹浇了一盆冷水，政近恢复了严肃的神情。他放起手机，俯下身子，把头埋到桌子上。

"怎么办呢？"

他自己也意识到了刚才的行为有些过火了。按理说，现在应该立刻去道歉，但考虑到艾莉莎那强得吓人的自尊心，贸然行动可能会起到火上浇油的反效果。

"唉，算了。就等她回来再说吧。"

想到艾莉莎也不是小孩子了，等她自己冷静下来之后，说不定就会像往常那样若无其事地回来。

先说结论吧，事情的发展完全与政近的预期背道而驰。

"好的，同学们。那要说的事就这么多了。啊，大家坐着吧，不用行礼。今天的班会就开到这儿了。"

飞速说完总结陈词，班主任快步离开了教室。因为今早的班会开得很快，现在距离第一节课开始还有将近五分钟的时间。

只不过，高一（B）班的同学们谁也没起身，而是在压低声音交头接耳，不知说了些什么。而能让老师提早结束班会、让同学如此紧张的原因，看起来也只有一个了。

那就是我们的艾莉公主此时正一改平常的面无表情，单手托腮，气场全开，满脸写着不悦。

"喂喂……你说，那是怎么回事啊？"

"不是很懂……但我听说似乎和久世同学有关。"

"废话，艾莉同学不开心的原因，除了是被久世同学惹毛之外，也没别的了吧？我问的是他具体干了什么啊？"

"那个，其实我有听到艾莉公主大喊了一声。"

"哎？说了什么？"

"不知道啊，我又听不懂俄语。"

在教室各处的窸窸窣窣声中，各种猜测正漫天乱飞。而毅也悄悄从座位上站起来，弯着腰溜到了政近旁边。

"喂，喂。"

"你要干什么？"

慑于周围气氛的压抑，政近也不敢抬高音量。所以毅凑近了政近，对他耳语道："听说你小子因为惹怒了艾莉同学，挨了记延髓踢啊，真的假的？"

"那是什么东西啊？！"

一下子没压住自己的声音的政近，被身旁的艾莉莎狠狠剐了一眼，吓得他赶忙缩回了脖子。

顺带一提，所谓延髓踢，就是一种飞身跃起后，朝着对方后脑勺处猛攻的回旋踢。

是哪怕坏孩子也绝对不能模仿的格斗技！

"艾莉怎么可能会用这种危险招式啊！"

"说、说得也是。"

"顶多就是被艾莉用斩魂脚刀[1]踢中了下巴而已。"

"不不不,那也很危险吧!"

觉得政近又在开玩笑的毅,苦笑着回应道。而政近则是不置可否,心想"半真半假啦",含糊一笑。

"所以,艾莉公主到底为什么会气到这个程度?"

"不是,那什么……"

"反正都是你干了什么蠢事吧?喂,快点老实交待啊!"

"唔,那这次确实是我的问题。"

没什么好隐瞒的,这次的确是他做错了。他干了一件大大的蠢事。但是,如果他胆敢一五一十地把自己的罪行坦白出来,那他一定会瞬间被学级裁判[2],然后在所有同学的全票通过中,被立刻公开处刑的吧。

所以,政近一边用话术巧妙地回避毅的追问,一边绞尽脑汁,试图想办法缓和艾莉莎的情绪。

"嗨——艾莉?"

无论如何还是先道歉吧,政近朝着托腮望向窗外的艾莉莎搭话。得到的却是来自对方那如剑似戟的锋利目光以及杀意涌动的回应。

---

1. 斩魂脚刀,格斗游戏《街头霸王》中古烈的招牌技。具体为蓄力下蹲,之后腾空后翻,用脚在空中划出一条弧线,自下而上地踢打对方。
2. 学级裁判,游戏《弹丸论破》系列中的一种特殊仪式,由在场的同学们互相投票,投票最高者会被判为凶手,然后以各种方式被公开处以极刑。

"什么事，久世同学。"【你这色狼。】

总觉得仿佛听到了副音轨的声音，被用俄语在"久世同学"上加注了小字的补充说明。

虽然对这种说法有诸多不满，但装作听不懂俄语的他，此时也只能把话都憋回肚子里。

而且要是反驳回去，在艾莉莎心中，政近的"股价"一定会一路暴跌到创新低，紧接着班里的其他女生也会争先恐后地把政近股全部抛光。所以这么来看，此时能做的也唯有沉默以对了。

（但是哦，仔细想想，我也没干什么坏事吧？）

艾莉莎的冷淡反应，让他心中浮现出了这个想法。

追根溯源，最开始让我帮她的人，明明就是她自己吧。最后狠狠踢了我一脚的人，不也还是她自己吗？

这种情况下发生了什么，纯属不可抗力的结果。至于趴在地上用"死亡讯息"指出这点的自己，确实多此一举。但这不也是为了让艾莉莎明白，自己对她的暴力行为并不在意才这么做的吗……想到这里的政近，觉得如果把所有责任都揽到自己身上，那可是断然无法接受的。

不过他也明白，这种局势下，男生天然处于弱势的一方，所以还是别乱说话，直接道歉为好。

"那个，抱歉了。对我刚才做的那些事情……"

"没事啊，毕竟我也有错，已经不生气了。"

政近在心里嘀咕着"那你为什么还是一脸不高兴啊——",而偷听的全班同学心里则齐刷刷地想着"绝对是谎言吧……"。

但实际上,说已经不生气了倒也不假。事到如今的艾莉莎,怒火已经消退大半。

在她心中唯一剩下的情绪是,那股强烈羞耻感。

更何况,虽然反应还挺有趣,但想到政近居然能说出那种话,简直就是在她已经濒临忍耐边缘的羞耻心上再添了一把火。

还有还有,像对待小孩子那样对自己说的那些话……这些羞耻感占据了她全部的想法,此时正如一团糨糊在她心里搅动着。如果地上有洞,她一定会毫不犹豫地钻进去,并在洞口安设层层加厚的隔音工程,最后再在那个洞里尽情地闷头大叫。

因此,现在的她之所以散发出一种"我,很不高兴!!!"的强烈气场,不过是在试图掩饰自己内心的真实想法,不想被别人发现罢了。

可惜的是,政近完全猜不透眼前人的女儿心。束手无策的他,只留下了那不知如何是好的局促。

上课的铃声就在他的犹犹豫豫中突然打响,伴随着进入教室的老师,今天的第一节课正式开始。

"好——各位同学,开始上课。那今天的值日生九——久世同学,喊口令吧。"

不知为何,确认完黑板上写着的值日生名字,数学老师明明若无其事地看向了艾莉莎,最后却自然而然地点了旁边的政近。

(我们懂。)

除了一人之外,此时全班同学的心思是如此的团结一致。

"起立,问好!老——师——好——"

"老——师——好——"

自然地变得不太自然的问好环节过后,第一节课就在这种微妙的紧张感中继续下去。

此时,因为早起而出现的困意,也开始逐渐逼近政近。但即便如此,今天的他也完全没胆子敢在这种氛围中直接昏睡过去。

但既然听不进课,干脆就琢磨一下怎么才能让不开心的公主大人回心转意吧。

"好,那今天的课就上到这里了。久世,喊口令。"

"起立,再见。老师您辛苦了——"

"您辛苦了——"

直到最后都克制住自己的目光,没往艾莉莎的方向看上一眼的数学老师离开了教室。而紧随其后的,是离开座位夺门而出的政近。他快步冲到设立在紧急出口外的自动贩卖机前,买到目标商品后,迅速返回教室,毕恭毕敬地呈到艾莉莎面前。

"公主大人,您大人有大量,今天就放小人一马吧。"

说着这话的政近,双手奉上的是……在"征岭学园中到底有谁会买的商品"排行榜中,连续十四年位居榜首的名为"甜甜蜜蜜红豆汤"的饮料。顺带一提,这东西其实可以说是被打成液体状的红豆汤,但蕴藏了爆炸性的甜味,一入口便能把人的嗓子甜到冒烟。

(为什么是红豆汤?!)

班上同学们以一种"你小子疯了吗?是在挑衅公主殿下吗?"的目光看向政近。但唯有政近明白,这种能让人血糖爆表的饮料,其实正是艾莉莎的心头好。

"都说了没生气,你刚才没听到吗?"

"是是是,您说的是。但这权当是小人我为表达歉意的一番心意,还望您笑纳。"

"好吧,那我就收下了。"

"多谢公主殿下!"

不出所料,艾莉莎接过了政近手中的饮料罐。随后在全班同学战战兢兢的目光下,开盖,饮尽,行云流水,一气呵成。

"多谢款待。"

"啊,空罐您也不必操心,小人会为您处理干净的。"

"没事啦,这种小事。"

"不不不,小人又怎敢给公主大人您再添麻烦。"

"那就别再演这种奇怪的戏了。"

"遵命!"

虽然口气依然不留情面,但政近能感受到,身边来自艾莉莎的恐怖气场多少散去了一些。他也松了口气，回到了自己的座位……然后便意识到一件严重的事。

（啊，完蛋……下节课的书……）

要在平时，他必然会问艾莉莎借着一起看。但今天这种情况，厚着脸皮讲出"借我一起看呗"这种话，保不准艾莉莎稍微变好点的心情会急速恶化回去。

那样的话，一定会淹死在全班同学投来的指责的眼神中吧。

（没办法了……）

见政近检查完书包和抽屉后莫名其妙地僵住了，艾莉莎的视线充满了狐疑。为了赶紧摆脱这道目光，政近赶忙背过身子，朝着另一边的女生开口问道：

"抱歉，能借我看一下课本吗？"

"哎？啊……嗯，可以哦。"

另一边的邻座女生，像是猜出端倪一般露出苦笑，爽快地点头应允。政近道了声谢，随即把桌子拼了过去，同时心中暗自庆幸，还好是有惊无险。紧接着……

【渣男。】

随着这句俄语的呢喃而出，教室的气氛变得更加冰冷了。

（这到底该如何是好啊……）

政近的叹息也无济于事，整整一天，高一（B）班都被笼罩在这片紧张的阴云之下。

第四章
姐妹情深，我并不讨厌

"我回来了。"

回到家的艾莉莎，打开房门朝着屋内招呼了一声，听到动静的姐姐玛利亚从客厅里探出头。与基本上一直面无表情的艾莉莎相比，玛利亚的脸上总是保持着微笑。

今天的她也带着四周仿若有花瓣飘落的软乎乎笑容，满心欢喜地走出来迎接妹妹。

"艾莉，欢迎回来——"

玛利亚笑靥如花，张开手靠近艾莉莎。以右、左、右的顺序行完贴面礼，最后给了艾莉莎一个大大的拥抱。

"我回来了，玛夏。"

面对姐姐的热情拥抱，艾莉莎只是拍了拍手臂，示意她可以松开了。于是，刚才还笑容灿烂的玛利亚，一边放开了手，一边不满似的鼓起脸颊，把小嘴嘟了起来。

"真是的，明明说了在日本就要叫我'姐姐'吧？"

"我才不要，都这么大了。"

艾莉莎的冷淡反应让玛利亚的脸颊"呼——"的一声越鼓越大。

事实上与日语相比，俄语中并不存在"姐姐"或"哥哥"这样表达亲属关系的特别称谓。

兄弟姐妹之间基本都以名字相称。因此，出生于俄罗斯的艾莉莎自然也习惯了用昵称来称呼玛利亚。但对玛利亚来说，似乎被叫"姐姐"更合她的意，三番五次要求艾莉莎这么叫她。

"呜呜……艾莉好冷淡哦……"

发现自己的不满表情毫无作用，玛利亚瞬间换上了另一副可怜巴巴的神情，但最终只得到了艾莉莎投来的无语视线。虽说不是第一次，但每次看到姐姐摆出这种表情，她都会有种过意不去的负罪感。

只是她心里总对喊"姐姐"这件事有所抗拒。说到底，本来两人之间就是成熟可靠的妹妹与慢条斯理的姐姐这样的组合。

身高也是艾莉莎更高。即便年龄上有一岁的差距，但在很早之前开始，就是艾莉莎一直在照顾玛利亚了。

上述这些原因造成现如今的艾莉莎对眼前的玛利亚其实是"自己的姐姐"这件事，多少有些意识淡薄。

（更何况，叫"姐姐"什么的,听上去不是很像在撒娇吗……）

说到底,如果让她直接叫"老姐",那还不是没有商量的余地。

但奈何玛利亚对此坚决反对,在她"那才不要嘛"的抗议声中,也只得作罢。

就在艾莉莎决定无视玛利亚,自顾自地脱下鞋子换上拖鞋的时候,玛利亚眨了眨眼睛,歪着脑袋冷不丁地关心道:"总觉得艾莉你今天……是不是有点心情不好?"

"没有吧?"

立刻做出一副有些惊讶的表情,艾莉莎努力掩饰着内心的慌张。但是,这等小伎俩怎么逃得过姐姐的法眼?

"你这反应……果然,又是那个男生吗?久世同学又做了什么吗?"

玛利亚的眼睛突然变得闪闪发亮,八卦之魂在其中熊熊燃烧。艾莉莎才不想管她,不耐烦地转身就朝盥洗室走去。

"什么事都没有发生哦。"

"我才不信,要对姐姐说实话。快点快点,到底怎么了?"

玛利亚如同小跟屁虫一样黏在艾莉莎身后,东问问西问问,不肯轻易善罢甘休。

就这么一直放任到她跟进了自己的房间,艾莉莎终于忍不住了。校服都没换的她一屁股坐到椅子上,宣布认命。看着紧随其后"啪嗒"一声坐到坐垫上、还在催促个不停的玛利亚,她不情不愿地解释了起来。

"其实,也没什么大不了的……就是稍微吵了个架。"

"哇——吵架！"

常理来看，这可称不上一个值得称赞的褒义词，但此时听到这个词的玛利亚却兴奋得两眼放光。

"怎么了吗？"

"因为……嘻嘻，能让艾莉气到吵架，这可不常见呀。而且还是和那个男孩子。"

"算是吧。"

"原来如此！"

"你在说什么！"

感觉玛利亚意有所指，艾莉莎不禁蹙眉。而玛利亚则摆出一副尽在掌握的表情，得意扬扬地开口道："你喜欢他吧？那位叫久世的同学。"

"啊？！"

听到这话的艾莉莎双眼微瞪，两道锐利的目光毫不客气地直刺玛利亚。摆出如同正控诉着"你这恋爱脑都说了些什么啊"的表情，无奈地摇了摇头。

"虽然不知道你误会了什么……但我和他并不是那种关系。我们是，唔……"

说到这儿，艾莉莎突然回想起一段昨天午休时的记忆——那时满脸诧异的政近，语气坚定地向自己表明两人的朋友关系——此刻又一次在脑海中回荡。

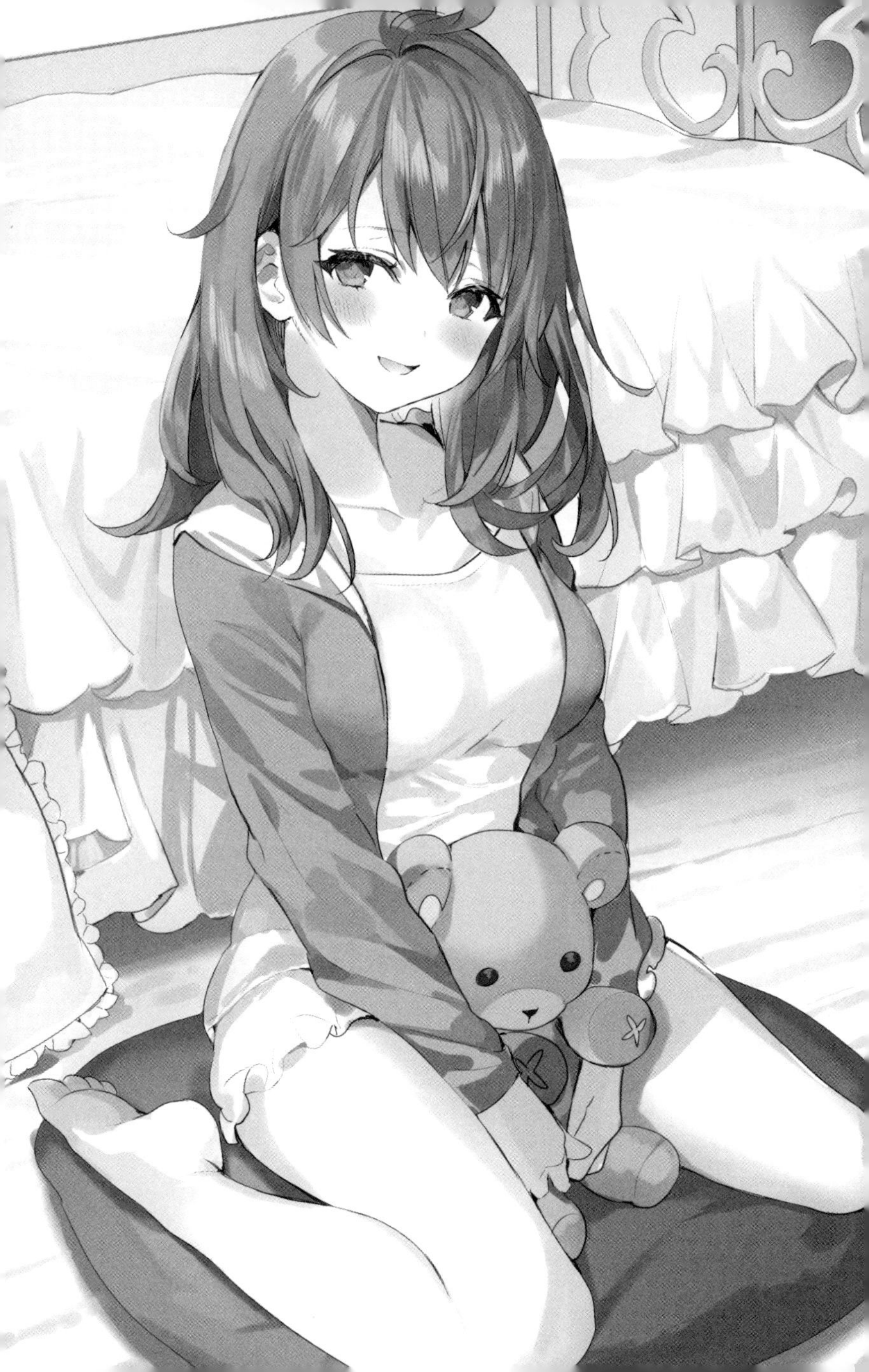

"是……朋友，对。"

艾莉莎一边回忆着一边不自觉地露出笑容，得意扬扬地说出自己的答案。看着艾莉莎仿佛在炫耀一般的神情，玛利亚的眼神变得愈发温柔。

"呼呼，原来是这样……但是，为什么是朋友？艾莉你呀，不是最讨厌那些喜欢敷衍了事或者对待事情不认真的家伙吗？"

"那是因为……"

玛利亚说的完全正确。平日里的政近，确实懒懒散散自甘堕落……完全就是艾莉莎打心眼里厌恶的那种人。

那自己到底为什么会把政近当成朋友呢？艾莉莎的思绪回到了这件事的源头。

"在本次小组展示中，获得优秀奖的是……B组！"

班上响起一阵热烈的掌声。但在其中，有一位女孩低头咬着嘴唇。

这是艾莉莎还在小学四年级时，于俄罗斯的符拉迪沃斯托克的某所小学中发生的故事。

那时的艾莉莎，感觉自己与周围人格格不入。

意识到这件事的契机，便是班级内举行的小组发表会。

同学们按照每组四到五人分成小组，并在接下来的两周内围绕一个主题进行调研，最后将调查的内容展示在手抄报上。

艾莉莎所在小组的研究题目是"身边的各种工作"。简而言之，就是调查一下自己周围的店铺以及家人们都在从事什么职业。是很像小学生会选择的那种普通内容。

但是，对艾莉莎而言，无论何事都不能马虎对待，必须全力以赴。

当时的她就已经有了强烈的好胜心。无论如何都想要拔得头筹的艾莉莎，把本次小组展示的目标选定为第一名才能得到的殊荣——优秀奖。在她看来，这是理所应当的。

于是，定好目标的艾莉莎，开始了为赢得第一全力以赴。

每天放学后，她都抓紧晚饭前的时间，在自己负责的那块区域内反复对各个店铺进行调查。光是一周内所调查的内容，就几乎能填满整本笔记本。

但是，就在她做足万全准备迎来小组讨论的那一天。

其他三人嘴里吐出的话却让她错愕不已。

【啊，抱歉。我忘了。】

【这是面包店，这是服装店。哎？工作的内容？面包店当然是在卖面包的，而服装店就是在卖衣服了。】

【对不起！我还剩一半的店没有调查——不过还有一周的时间，没问题的。】

敷衍……他们的调查内容对艾莉莎来讲，简直就是彻头彻尾的敷衍。

其他三人的全部调查情报加起来，甚至可能还不到艾莉莎的一半。

这已是不容辩驳的事实。但更让人无法接受的是，明明是如此糟糕的表现，眼前的三人却丝毫没有焦虑和悔意，这让艾莉莎目瞪口呆。

真正让艾莉莎爆发的，是在他们三人看到她整理的笔记之后。

【哇，这是什么啊。你也太认真了！】

【太详细了。怎么想都不用做到这种地步吧？】

【艾莉……那个，这些一定要全部看完吗？】

三人投来的哑然目光淹没了艾莉莎。还有那仿佛在说"唉，都是白费力气罢了"的苦笑。

（哎？反倒是我做错了？）

这一疑问只在艾莉莎的脑海中一闪而过，紧接着便是从心底喷薄而出的滔天怒火。

不对，做错的不是我。我只是认真地对待老师给的题目，并努力付诸行动完成而已。

彼时的艾莉莎尚且年幼，还不知如何抑制这份陡然涌现的愤怒与反感。

【为什么？为什么都不认真去做？】

像是瞪视般的目光以及带有责备语气的尖刻言辞，一下子刺痛了其他小学生们敏感脆弱的心。

讨论最终演变成激烈的唇枪舌剑。

虽说因为是在课堂上,老师及时介入阻止了事态的进一步恶化,但这短时间内的冲突,已经足够在艾莉莎与其他三人之间撕开了一条不可调和的裂隙。

【对我们这么不满的话,有本事自己一个人去做啊!!】

针锋相对的对峙。小组中一位男生的话,让艾莉莎倔强地憋足了一口气。

在接下来的时间里,艾莉莎尽可能地通过自己的努力,让发表的成果达到心中的预期水准。

但终归一个人的力量还是有限的,最终呈现的结果还是和预期有很大差距。结果,艾莉莎铆足劲想要争取的优秀奖,遗憾地花落别家。

艾莉莎无法理解。

无法理解为什么同组的其他人对课题完全不上心。无法理解为什么明明一败涂地,却还是一副嘻嘻哈哈无所谓的嘴脸。

(要是所有人都能像我这么努力的话,那就绝不可能输。不对,如果最开始我就只靠自己的话,就一定能胜利。)

我和别人都不一样。只有我在认真对待,只有我在全力以赴,也只有我真心想赢。

从此刻起,有所觉悟的艾莉莎,便不再对他人抱有任何期待。反正谁都跟不上我的水平,也缺乏和我一样的热情,不可能全力以赴地投入。

那就随你们的便吧。缺乏努力和干劲的家伙们,我是绝对不会输给你们的。在你们纵情享乐之时,我将攀上你们无法想象的高峰。

至于协助,更是可笑。光凭我一人便足矣。因为不上不下的觉悟,或只是觉得有义务相助的人,只会给我徒增困扰。

即便随着年龄增长,逐渐习得一些社交能力,艾莉莎也从未改变这种想法。倒不如说,随着时间的推移,这种观念反倒日渐增强。

每次感受到同龄人的干劲有多差、水平有多低劣,她对他们的失望也就更大,最终不知从何时起,她开始下意识地对其他人抱有一种鄙夷式的不屑。

意识到这点的艾莉莎,为了防止因此与周围的人爆发摩擦,开始有意识地与他人划清界限。

何等的孤傲。与生俱来的出类拔萃与不服输的性格,共同造就了她这孤傲的性格。

等到了初中三年级,艾莉莎跟随因工作关系调动的父亲回到日本。

在父母的建议下,她选择进入征岭学园就读。既然是日本首屈一指的名门院校,说不定能遇到能与自己并驾齐驱、互相切磋钻研、共同进步的伙伴。艾莉莎心中抱有如此淡淡的期待。

但是，在入学后的一场摸底考试中，艾莉莎的这一小股期待也终究化为泡影。

年级第一。日本已然阔别了五年之久，而且自己还只是一位对考试内容一无所知的转校生，但即便背负了这么多的不利条件，她依然拿到了全年级第一的成绩。

（什么啊，忙活了半天，这里也就只是这种程度而已吗？）

最后，还不是只有我孤身一人。

就当艾莉莎因认清现实而逐渐死心之时，她和他相遇了。最初的相逢，是转学的首日。四月一日的早晨。

"九条同学，你日语真好啊。以前也在日本住过吗？"

"好漂亮。我还是第一次见到银色的头发。"

"喂喂，听说你轻松通过了那个地狱级别难度的考试，真的假的？"

毫不掩饰言语中流露出的浓烈好奇，越来越多的同学聚集到她的身边。这让艾莉莎有些苦恼。只是纵然内心十分抗拒，但她还是选择了以尽量不失礼节的方式一一作出回应。

目中无人的自己，无论和谁有所亲近，想必对双方而言都不会是件好事。

不仅会害得对方留下不愉快的回忆，而且彼时察觉这一点的自己，也会因此留下难过的记忆。

所以，艾莉莎决定继续独行。

"啊，是预备铃。"

"什么，这就到点了？那一会儿再聊啦，九条同学。"

"下节课间再把故事说给我们听吧。"

"好的。"

目送着看起来依依不舍的同学们逐一回到座位，艾莉莎把视线移向邻座。

"……"

在那里的，是一位对刚才的骚动毫不在意，自顾自地趴在桌子上的男生。

那过于自由散漫的身姿，反而有些激起艾莉莎的好奇心。当她回过神来的时候，已经在轻轻摇着对方肩膀，对着他这位同班同学，说出了第一句话："那个……预备铃响了哦？"

"嗯？哦，哦……"听到艾莉莎的声音，慢吞吞抬起脑袋的，是一位长相平凡的初中男生。

他便是久世政近。久世和九条，那位因为和自己的名字发音相近，而被安排在邻座的男生。

刚被叫醒的政近，呆呆地往声音的方向看过去，然后眨了眨眼睛，歪了歪脑袋。

"啊——你是那个在开学典礼上打招呼的转校生？"

"是的，我是艾莉莎·米哈伊罗夫纳·九条。请多指教。"

"哦哦……我叫久世政近。请多指教。"

说完这些，政近重新转向前方，伸了个懒腰。然后，他露出意识到什么的表情，戳了戳前桌男生的背。

"喔——光瑠，你小子也在啊。"

"很痛哎……顺带一提，毅也在这班。"

"啊，真的。刚才睡着了都没注意到。"

看到政近不再理会自己而是和别人愉快地攀谈，艾莉莎感到一阵轻微的错愕。

艾莉莎自觉容貌优于他人。

在人际关系之中，出众的外表也是武器之一。理解这一点的艾莉莎，自然不会忽视这方面的自我提升。虽然考虑到校规的限制并没有化妆，但即便如此，她也依然对自己的魅力有绝对的自信。

就算对吸引异性的目光毫不在意，她也知道自己银色的头发天然就是聚拢众人注意力的大杀器。

正因为如此，作为唯一一位看上去对自己完全不感兴趣的政近，才会让她如此印象深刻。

但是经过一段时间对政近的观察，艾莉莎意识到——

政近不光是对女孩子没兴趣，而是对所有人都没兴趣。简直就是个对一切事物都兴味索然的男生。

忘带课本、上课打瞌睡、到了课间才慌慌张张地拼命补作业、连体育课也是敷衍了事地蒙混过关——是个从他身上完全感受不到任何干劲，懒散至极的家伙。

（哪怕是在名门院校，也会有这样的人呢。）

至此，艾莉莎对这位同桌彻底失去兴趣。而改变的契机，发生在九月份的校园祭上。

那是初中时代的最后一次校园祭。这个时间，大多数初中生都在忙着准备升学考，但由于征岭学园实行的是直升制，几乎所有人都能直升入高中部，所以没有升学压力的他们并不急着备考。

倒不如说，正因为是最后一次，大家都想玩一次大的。在作为学园祭执行委员的毅的提案下，本次班里的企划主题选定为"鬼屋"。

然而，充满干劲的也只有开头的那一小段时间而已。在企划阶段还兴致勃勃摩拳擦掌的大家，一进入实际准备阶段，面对枯燥烦琐的工作，积极性便逐渐开始下滑。

察觉氛围变化的艾莉莎，早早就做好了将大部分工作自己承担过来的觉悟。

"好痛！"

放学后，独自留在教室里的艾莉莎正一个人缝制道具服。突然间她的指尖不小心被针扎到了，痛得她赶忙松开了手。

将冒出血珠的手指含在嘴里消毒，然后用力按压止血。最后为了防止血迹沾到道具服上，艾莉莎取来一张创可贴覆在伤口处。

因为不习惯做针线活而被刺伤手指，这已经不是第一次了。算上这张，现在艾莉莎的手指上总共有五枚创可贴了。

但是，即便因为刺伤部位传来的阵阵刺痛感板起脸，艾莉莎依然坚持完成剩下的工作。

被这种程度挫败了可不行。自己既然已经选择参与这项工作，那就断然没有半途而废之说。在如此执念的驱动下，艾莉莎再次着手处理起眼前的布料。

"啊，果然还在呢。"

就在这时，教室的门突然"嘎啦嘎啦"地被打开了，刚才班会一结束就闪身消失不见的政近，此时迈步走了进来。

"久世同学……怎么了吗？"

"辛苦你了。我稍微有点事。"

面对艾莉莎的询问，政近只是闪烁其词，低头看了看手里捧着的几份文件。顺着他的目光，艾莉莎也注意到了这些东西，但不知道具体是什么内容。

"总之，九条同学，不如你今天就先回去吧。那边的工作等明天和大家一起做也行的。"

听到政近一边耸肩一边说出这话，艾莉莎有点不高兴。

（说这种优哉游哉的话，最后会来不及的哦……更何况，我不就是因为其他人都迟迟不动手，才自己一个人做的吗！）

艾莉莎烦躁的心情转变为斩钉截铁的拒绝，她的口气强硬了起来。

"不用管我。我再做一点自己会回去的。不劳费心了。"

"哦，嗯……"

政近坐回自己的座位，眼神有点飘忽不定，他挠了挠头，以若无其事的口气说道："缝制道具服装的工作，我刚已经去拜托手工部的人帮忙了，交给他们就行了。"

"哎？"

"还有，这个。"

意料之外的发言让艾莉莎一时间愣在原地，而政近接着把手中的文件递了过来。

"这是合宿专用校舍的使用许可。如果是这种过夜的合宿活动，想必连那些没什么干劲的家伙也会变得积极起来吧。"

"什……这种事情，你是怎么做到的……"

"嗯——没什么，就是我在学生会那边稍微运作了一下。作为前副……啊不是，我拜托了前会长，她帮忙在学生会内部找的人脉。"

突然间说话变得吞吞吐吐，艾莉莎对他投去了有些怀疑的目光，政近则是迫切想要糊弄过去一般，急忙往下说来转移她的注意力。

"唔……反正就是这回事。我用提供男生劳动力作为条件，换取了和手工部的合作。只要跟他们说，这是在手工部的女生面前展示自己可靠一面的好机会，一部分男生就会欣然答应。还有就是合宿的准备工作……哎呀，这部分交给毅去做就行了。"

"哎？"

"总之，今天就先回去吧。只靠九条同学一个人努力的话，我想也只是杯水车薪。"

政近的这句无心之言，却引爆了艾莉莎心中压抑许久的情绪。

"杯水车薪……你什么意思？"

那些因为不擅长针线活而积蓄至今的压力，以及明明平日里毫无干劲被自己所看不起的家伙，如今却提供了当前困境的解决之策，甚至还否定了自己的努力。

这些大大小小的事情，一下子冲垮了艾莉莎的心理防线。

回过神来时，艾莉莎已经将手里的东西狠狠砸在了桌子上。

她借势站起身，狠狠瞪向了政近。

"我！只要是我经手的任务，就必须尽善尽美！用半成品之类的东西迎来校园祭，这种事绝对不要！绝不后退，绝不妥协！"

艾莉莎也意识到了，此时的她只是为了宣泄怒火而在无理取闹，但嘴里的连珠炮就是停不下来。

"但是……我也明白，这就是我在任性！我知道大家不能像我一样认真！所以我才带着他们的那份一起加倍地努力！这样的我，难道有错吗？！"

任凭情绪驱使而和他人爆发激烈的争吵，这是艾莉莎自小学以来的第一次。

剥落平日里那无论好恶都面无表情的假面,此时的艾莉莎,爆发出了最真实的情绪。

对此,政近睁大了双眼,一字一句地断言道:"大概是努力的方向错了吧。"

"哎?"出乎意料的正面反驳,让艾莉莎措手不及。

政近面无惧色地直视艾莉莎,继续往下冷静分析:"所谓学园祭,可不是光凭一个人就能完成的东西。而是靠集体的力量合作才能做出来的吧?如果真的想最后有一个完美的亮相,与其认定其他人都没有干劲而孤军奋战,难道不应该想想如何才能让大家都打起精神,努力团结起来吗?"

"……"

面对此时正直视着自己的目光以及言之有理的观点,艾莉莎忍不住想要背过身子逃避。

但是,艾莉莎的自尊心绝不允许她就此退缩。她在心中默默地给自己打气,竭力朝政近瞪了回去。但就在艾莉莎准备说点什么之前,反倒是政近先主动躲开了目光。

"但也是,听我说了那种话,你会生气也是理所当然的。九条同学,你并没有做错什么,所有的努力我都看在眼里,也绝无否定的意思。"

"啊——"

看到政近在自己面前微微低下了头,艾莉莎一时间不知如何是好。

明明是自己迁怒他人,结果却反倒被对方先道歉了。有种一拳打在棉花上的无力感。

最重要的是,"所有的努力我都看在眼里",这句话沉甸甸的,压得艾莉莎胸口有些喘不过气。

"我先回去了。"

结果,艾莉莎只是挤出了这几个字,然后一把抓起书包快步走出教室。

(那算什么嘛……真是的!)

各种复杂的情绪如同漩涡搅动着她的心,此刻的她正拼命压抑着,勉强穿行于校园之中。而在不满与悔意背后,是潜藏着的一点小窃喜,她假装对此毫无察觉。

翌日。

"小的们!搞合宿了哦哦哦——"

在毅的这声激动到不行的咆哮中,今日的学园祭会议拉开了序幕。

毅手舞足蹈地向一脸困惑搞不懂状况的同学们说明情况,告诉他们政近拿到了合宿专用校舍的使用许可。

"准备学园祭的同时,还能在晚上利用校舍玩试胆捉迷藏!

再加上其他能疯玩到爽的活动，这就是独属于我们的前前前夜祭[1]啊啊啊——哦哦哦哦哦哦！！"

看着已经处于暴走模式的毅，同学们纷纷扶额苦笑，吐槽着"可不止前前前啊，是一周前哦""与其说是出于筹备目的，不如说就是想去玩吧"。但无论如何，此时班里的气氛已经被彻底调动起来，所有人都摩拳擦掌跃跃欲试。

众人七嘴八舌地讨论完合宿日的计划表，会议终于接近尾声，无论是谁，都沉浸在那天到底要做什么的兴奋畅想之中去了。

这可真是要比决定办什么主题的企划日那天更加盛况空前的场面。

等到终于迎来了合宿日，在那晚的各式活动和女生们亲手制作的料理的双重刺激之下，男生们一个个都显得异常兴奋，快马加鞭地进行着学园祭所需的各项准备工作。

如此高昂的士气延续到了合宿日之后。结果，在学园祭当日呈现出的高水准鬼屋，完美地达到了艾莉莎的预期……不，或者足以称得上远超预期。

最后，他们的营业额在校园祭中一马当先，甚至还获得了校方的点名表扬。

"啊……"

---

1. 日本传统中的校园祭典，可以分为三大部分，除了正式的祭典日外，祭典日的前一天与后一天，分别被称作前夜祭和后夜祭，与正式祭典日有许多外来宾客参加不同，前夜祭与后夜祭一般是独属于学生们的狂欢。

"啊，辛苦你了。九条同学。"

等一切尘埃落定，在最后的后夜祭上，学生们在操场上围成一圈跳起民俗舞蹈。望着这一幕的艾莉莎，迈步向校舍方向走去，在玄关的台阶处遇到了坐在那里发呆的政近。

他手肘撑在膝盖上，正托着脸面带苦笑地眺望操场的方向。

顺着政近的视线看过去，艾莉莎看到了逐一朝每位女生发起跳舞邀请的毅，以及与他形成鲜明对比的正不断婉拒着女生们热情邀约的光瑠。

"哈哈，那俩家伙也不容易啊。"

"你不过去吗？"

仿若彻底置身事外，微笑着的政近听到艾莉莎的询问，扬起半边眉毛耸了耸肩。

"嗯？哦，因为我没舞伴……而且这所学校还真是昭和遗风啊。都这个年代了，居然还在后夜祭上跳民俗舞……不过毕竟也没有篝火晚会[1]就是了。"

"我能坐你旁边吗？"

"嗯？啊，可以是可以……但你不去跳舞吗？是九条同学的话，应该不愁没人邀请吧？啊，难道是不会跳这种民俗舞蹈吗？"

"真是失礼啊。别看我这样，我小学的时候就学过芭蕾舞

1.在日本民间，除了盛大节日，例如一年一度的盂兰盆节的时候，普遍只有在篝火晚会时，大家会一起围绕篝火跳起民俗舞蹈。

哦！这种难度的舞蹈，轻松就能学会了。只是因为嫌麻烦，就说自己不会跳舞，直接拒绝掉了所有的邀约。"

说完，艾莉莎轻哼一声，把头发往后拨了拨，便在政近身旁坐了下来。

"那可真是……辛苦你了。"

"其实没什么，习惯了之后就没什么大不了的了。"

"这样啊。真不愧是孤傲的公主大人。"

"那是什么？"

见艾莉莎疑惑地蹙眉，政近有些意外地回答道："什么？你居然不知道？最近大家都是这么叫你的。"

"呼……"

"怎么感觉你好像有点不开心？"

"是啊，或许就是有点不开心。"

"为什么？因为被人取笑没朋友？"

"不是那回事啦。还有，能不能别用这种嘲讽人的口气说话？"

"抱歉。"

被九条狠狠瞪了一眼，政近不由得缩起了脖子，嘴里一边念叨着"被骂了"，一边噘起下嘴唇做着鬼脸。看他这副滑稽模样，艾莉莎叹了口气，继续说道："我不太喜欢'公主大人'这个称谓。"

"为什么？不是很常见的夸人说法吗？"

"是吗？在我听来，这好像是在说我像一个不识人间疾苦，只活在梦境中的人。"

"哎——居然还有这种解读角度吗？"

"虽然我的确天生在容貌与才华上就与众不同。但是，我从未以此自命不凡。把我至今为止的所有努力都归结为先天赐予，这一点让我很不愉快。"

"原来如此。"

听到艾莉莎明确表达自己的不快，政近表示理解：

"既然这样，那我以后会注意的。"

"这样啊。"

艾莉莎显得有些不以为意。接着，就这么看向前方的艾莉莎，静静地开口了："谢谢你，久世同学。"

"嗯？谢我什么？"

"我……我或许是第一次以现在这样快乐的心情，迎来学园祭的尾声。"

此前对她而言，班级的筹备工作总是令人头疼。

因为自己总是要负责帮其他成员兜底，所以等到校园祭结束后，比起成就感，残留下的更多是沉重的疲惫。

但是，这次却有所不同。全班同学的通力合作，让筹备的过程充满了乐趣。

大家一起努力后获得成就感要比独自一人达成的成就感更

大。对现在的自己而言，即便是疲劳中也蕴藏了某种爽快的幸福感。

"你说得没错，是我的方向错了。要是单凭我一人，我想我是无法以现在这种心情度过学园祭的……因此，真的抱歉。那个时候的我，只是在无理取闹而已。"

艾莉莎移开了视线，小声地表达着歉意。

见此，政近有些不自在地摆摆手，说道："别在意。我只是去办了些手续，你和毅他们才是真正的大功臣。"

这也没错。实际上调动起全班情绪，带领大家行动的人是毅。不过在毅背后筹划好一切并推了他一把的人，却是政近。

虽然看上去毫无干劲，懒懒散散的，但实际上却为全班同学准备好了工作的最佳环境，每次都默默担任着辅助的工作。

即便他本人表示这都没什么大不了的，但艾莉莎也明白，政近才是此次活动最大的功臣。

"我会在意的。再加上之前我对你撒气……我想做点什么补偿你，你有什么心愿吗？"

"补偿……补偿？嗯？"

"不准说不需要。"

"你我想想……"

被艾莉莎先一步切断后路，政近只得歪过脑袋思考片刻，问出了一个看似毫无关联的问题："话说，我记得俄罗斯人是习惯用昵称来互相称呼对方的吧？那'艾莉莎'在俄语中的昵称是什么？"

"怎么突然问这个？"

"艾莉夏？不对，艾莉茜卡？艾莉琪卡？俄语里的昵称大概就是这种感觉吧？"

"是'艾莉'啦……家里人一般都会用'艾莉'来叫我。"

"这样啊……那作为补偿，不如就给我能叫你'艾莉'的权利吧。"

"这算哪门子的补偿？"

不明所以的艾莉莎轻蹙柳眉，政近则突然露出了一个冷酷的笑容。

"大家都憧憬着的班级偶像，唯独我能用昵称来称呼！呜呼，爽飞！！"

"你是笨蛋吗？"

"多谢您能骂我！"

"恶心哦。"

见政近突然开始讲起蠢话，艾莉莎扭过头懒得搭理他。就在这时，一直聚集在周围的男生中，有一人前来搭话。

"那、那个，九条同学，可以的话，能和我跳支舞吗？"

"啊！你小子竟敢偷跑！艾莉莎同学，其实我一直都喜欢你，请和我跳舞吧！"

"怎么还有趁乱表白的！你要这样，那我也——"

第一人的搭讪拉开序幕，一连五六个人凑上前来朝艾莉莎搭起话。

看起来，终于到了最后一支舞的时刻，大家都鼓起勇气上来发起邀约。

"大家，对不起！其实我不会跳舞。"

"没事没事，我超会跳的，我教你啊！"

"哈？我才是最会跳的那个吧。如何，选我更好吧？"

"不打紧，说真的，只要跟着音乐摇摆身体就可以了。"

即便艾莉莎已经提前道歉，对所有邀约都表达了断然拒绝。但很明显，这些自认舍我其谁、充满勇气的男生们并没就此放弃。

面对逐渐靠近自己的人群，艾莉莎眯起了眼睛："你们这些人——"

然而，就当她准备不留情面地用冷酷话语回击之时。

突然，她的右手被人抓住，往旁边一拉。

"抱歉，我有约在先了。走吧，艾莉。"

政近仿佛是故意让男生们听到那样，一边说着一边拉着艾莉莎的手，朝着操场走去。

"等、等一下！"

即便因为对方的过于强硬而出言抗议，但艾莉莎还是慌慌张张地跟在了对方身后。

本想拼命挣脱后就赏他一巴掌,但连艾莉莎都感到意外的是,此时的自己居然就这么乖乖跟了上去。

心跳得好快。视线无法从眼前政近宽大的背影上移开。

仔细想想,这应该是她第一次被异性这么强硬地握住手拉着往前走。对艾莉莎来说,这就是一次初体验。

(没错,就是因为是第一次,我才会这么乱了方寸。没什么更进一步的意思,什么都没有!)

当艾莉莎努力说服自己之时,政近也拉着她走到了围成圆圈的学生之中。最后一首舞曲如约而至。

"你刚说过的吧?会跳芭蕾,所以民俗舞一看就会。"

"呃……嗯,所以呢?"

拼命调整心情的艾莉莎反问道。对此,政近露出了一个挑衅一般的笑容。

"好,那今日就让我领教一番吧?公、主、大、人?"

这略带调侃的口气。结合刚才的对话,其中的意图不言自明。

"好大的胆子。不想丢脸的话,就试着跟上我的舞步吧。"

"原话奉还,可别因为太过紧张而踩到我的脚哦,艾莉小姐?"

"好极了!"

政近那令人恼怒的笑容,此刻更是在火上浇油,令艾莉莎柳眉倒竖,脸颊微微抽动。

双人舞的最后一曲，就在这毫无甜蜜氛围的两人之间开幕。起初还与其他人的舞步保持一致，但渐渐地，艾莉莎的步伐逐渐自由了起来。

夜空之下，她修长的四肢优雅舒展，在操场上轻盈地舞动。虽然舞姿依然契合着舞曲的节奏，但已不再是民俗舞的范畴，而是被赋予了全新的内核。

不过面对舞伴逐渐洒脱不羁的步伐，政近还能勉强配合上。虽然称不上势均力敌，但也没完全被对方牵着鼻子走。

在不妨碍到艾莉莎的前提下，政近也巧妙应对着，避免她的动作过于失控。原本作为决出两人胜负的这场较量，因为彼此双方分工明确，在主角的引领与配角的陪衬下，竟奇迹般地变成了真正的双人舞。

（唉，没错……你就是这样的人呢。）

艾莉莎心中突然有种豁然开朗的顿悟感。这场双人舞，正是政近处事风格的缩影。

从不大张旗鼓，而是默默伸出援手；自己藏于幕后，留他人于舞台中央闪耀——政近就是这样的人啊。

"呵呵……啊哈哈！"

回过神来时，自己正开怀大笑。因想决出高下而跳起的这支舞，不知不觉，艾莉莎已全身心沉浸其中，物我两忘。

但是，欢乐的时光总有尽头。一曲终了，舞落人息。艾莉莎依依不舍地放开政近的手，行礼致意。

"唉，真不愧是你。刚才的我可是好不容易才跟上的。"

"是啊，我跳得很尽兴。"

被艾莉莎的直率回应打了个措手不及，政近有些混乱地眨了眨眼。

"呃……那我先走一步了？"

"哎呀？这就不护送我了吗？"

"饶了我吧。要敢做那种事，我会被嫉妒到发狂的男生们共同处决的。"

"嗯——这样啊。还真是听到了一个好情报呢。"

感受到对方笑容中的不怀好意，政近有些畏惧地缩起了脖子，但还没等他有所反应，艾莉莎就伸手揽上了他的胳膊。

"等、等等，你这是干什——"

"当然是，请你护送我回去呀！"

"也就是，让我去赴死的意思？"

"是对叫我'公主大人'的惩罚哦。"

"呜呃……"

面露憔悴的政近放弃挣扎，默许了艾莉莎的行为，迈步向前走去。见状，艾莉莎露出了小心思得逞后的愉快笑容。

事到如今，她才因为自己的行动感到有点害羞，但好在雀跃的心情还是更胜一筹。能够与另一人一起并肩同行，这让她抑

101

制不住地感到欣喜。

在前往校舍的短短小路中,艾莉莎觉得心中暖洋洋的。那从小学时代开始,一直延续着的某种模模糊糊的孤独感与疏远感,此时正如冰雪般慢慢消融……

明明是这么觉得的。但到了第二天——

"早上好——艾莉!抱歉,能借我一起看现代文的课本吗?"

政近他啊,又变回以前那个毫无干劲的政近了。

"……"

"呃,呃,怎么了?艾莉。为什么要用这种看垃圾一样的眼神看我呢?"

"你这人渣。"

"骂得太过头了吧?!"

"唉。"

面对抽动脸颊扯出苦笑哀号着的政近,艾莉莎只是叹了口气,把脸背了过去。

她就这么背对着政近,把现代文的课本递过去的同时,用俄语喃喃道:

【明明昨天还那么帅。】

她轻声嘟囔着。

在这之后,政近也没什么变化。

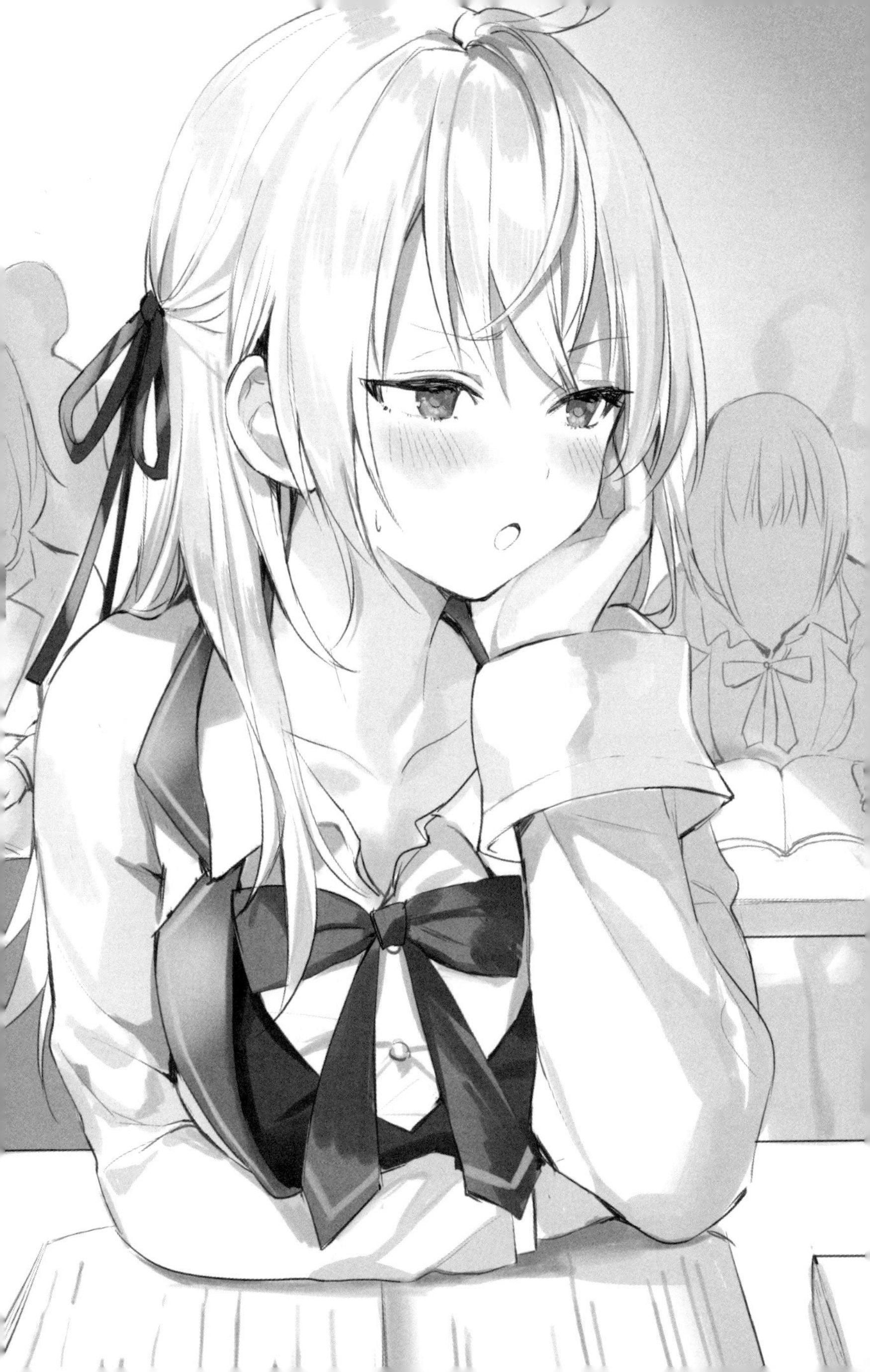

平日里总是一副毫无干劲的样子,只会让她感到无语。但一到了关键时刻,却又会变得比谁都可靠。带着若无其事的表情,默默伸出援手。

对于将周围人全都视作竞争对手的艾莉莎而言,政近的这种行为模式真的很奇特……但同时,也感到了一丝安心。

不用和这个人竞争,也不用和他分出个高下。一想到这件事,艾莉莎的心情就轻快起来。尔后,面对着政近的艾莉莎,便能以放下了一切胜负欲的平常心来对待他。

见到他平日里懒散的样子而不耐烦地呵斥,对他总是游刃有余的态度感到不甘心。因为他仿佛总是以更高的视角来俯察自己,所以会心中莫名不爽,于是就偶尔用俄语卖个小破绽,看他满脸疑惑的滑稽模样,暗自欣喜。

就这样过了一天又一天,而不知从何时起……

"你就喜欢上他了对吧——真棒!"

玛利亚"啪"的一声合上手,满脸兴奋地打断道。艾莉莎叹了口气:"都说了……不是那样了。你真有在听我说话?"

"哎?但无论怎么看,这都是两人从相识到相恋的故事耶!"

"别再讲奇怪的话了。刚刚不是说了,我们只是朋友吗?"

"嗯嗯,从友人到恋人。真是王道的故事啊——我和小恩也是这样的哦——你说呢——小恩?"

玛利亚从她胸前拉出一枚金色坠饰，以一种完全放松的表情对着坠饰里的照片说话。

要是这是漫画的话，眼前彻底变成少女恋爱模式的姐姐，头顶大概会不断喷出爱心吧？温柔注视她的艾莉莎这么想着。

"但是……也是，要是只从能力来看的话……我还是认可他的，也很信赖他……的吧。"

移开视线，艾莉莎有些不情不愿地承认道。对此，越过照片的玛利亚，频频点头表示认可："没错没错，该出手时就会出手的男生真的很帅。小恩也是，当时狗狗朝我扑过来的瞬间，他挡在我身前的那道英姿，那可真的是——"

"想秀恩爱的话请出门左拐慢走不送！"

"真是的，艾莉好冷淡哦！"

见玛利亚又"噗"的一声把脸颊鼓得圆滚滚，艾莉莎回以冰冷的视线。

"还有，我的理想型是那种平时也一直很努力的人。"

"艾莉，这你就不懂了呀。平日总是沉闷低调的他，在某个不经意的瞬间展现出男人的一面！这才是让人心动之处吧……"

"我不认可。平时毫无干劲的久世同学，真的让我很烦。"

大概是说这话的时候回想起了种种往事，艾莉莎加重语气继续强调着。

"真的，一天到晚忘带东西，还在课上睡觉。而且！无论怎么说他，他都毫无悔改之意！总是傻乎乎地笑着，敷衍着……不过，倒也就是因为这样，在他面前我才能有什么说什么……"

"嗯嗯。也就是说，两人之间确实存在着相互信赖关系，对吧？"

"那又是怎么得出来的推论啊？"

"无论怎么说，久世同学绝不会离开你。艾莉你呀，正是因为知道这一点，才能放下胜负心和他对话的，对吧？而且，久世同学也对此默许。那这不就是完美的相互信赖关系吗？"

意料之外的犀利点评，让艾莉莎一时语塞。但是，她很快振作精神否定了："不对。久世同学是那种无论谁见到了都应该训诫的学生，所以我才能毫无顾虑地训诫他。确实……某种意义上，我承认他是一位能让我无所顾虑的相处对象。但是，这要是直接滑坡成恋爱情感，也太草率了吧？更何况，所谓'喜欢'这个概念，那什么……这些事我可一点都没想过……"

一边说着一边被自己弄得有些害羞，艾莉莎下意识移开了目光。玛利亚见状合起双手，脸上露出了软绵绵的笑容："艾莉，好可爱。"

"什么话嘛……你在取笑我吗？"

"没那回事哦。听我说，艾莉，不一定非要去做这些特别的事情。面对喜欢的人，光是语言或肢体上的简单互动，心中就会酝酿出别样的感情。"

玛利亚得意扬扬一般挺起胸，对艾莉莎循循善诱。而听到她说的话，艾莉莎眉头一颤。

"具体说说。"

艾莉莎居然少见地表现出了感兴趣的态度。以为自己的话会和平日里一样被随便敷衍过去的玛利亚，略感震惊地眨了眨眼，随即把目光投向远方。

"嗯，我想想……最简单来说，比如和喜欢的人的手碰了一下，心里就会'砰砰砰'地小鹿乱撞。虽然会害羞到想要大喊出声，但不会抗拒。心中也会泛起甜蜜的波澜，然后——"

玛利亚自己越说越兴奋，露出少女的神色，喋喋不休地讲述着，还撒娇似的摇着脑袋。

而她对面的艾莉莎，只是一个劲儿地盯着自己的腿，然后慢慢把右脚伸到了玛利亚面前。

"嗯？什么？怎么了吗，艾莉？"

"抱歉。那个，能帮我脱一下袜子吗？"

"哎？为什么？"

听到对方没来由的奇怪要求，玛利亚很是困惑。但她似乎很快在艾莉莎的眼神里瞧出了什么端倪，于是朝艾莉莎的右脚伸出了手。

"嗯……"

艾莉莎的过膝袜滑落下来，她的表情也开始变得严肃起来。

"好了，还有……左脚？"

满脸疑惑的玛利亚用眼神示意她把左腿也伸过来，但艾莉莎却是眉头深锁，开口道：

"唔，然后再帮我穿回去。"

到底怎么回事？"

"快点。"

"好——"

摸不着头脑的玛利亚，把过膝袜再次帮艾莉莎穿回去。见此，艾莉莎的表情愈发严肃了起来。

"穿好了……"

"……"

玛利亚有些拘谨地抬头望向艾莉莎的脸，想要弄清楚发生了什么。但艾莉莎却对此置若罔闻，自顾自地继续用严肃的表情低头看着自己的腿，最后突然叹了口气，站起身来。

"不行。果然玛夏你完全没有参考价值。"

"怎么回事啊？！虽然不知道发生了什么，但姐姐我很受伤哦！"

"好啦好啦，到此为止吧？我要换衣服了，你快出去。"

"唔……艾莉，到叛逆期了？是叛逆期吧？怎么办哦，小恩？艾莉到叛逆期了呢。"

108

将垂头丧气的玛利亚赶出房门,艾莉莎的视线再度落回了自己的腿上。

总觉得心里好害羞。艾莉莎抬起头,发现眼前正好是面大镜子,镜子里的自己正脸飞红霞。

"唔……"

仿佛是在自我否定一般,艾莉莎板起了脸。朝着此时脑海里浮现出的那道少年的身影,用严肃的表情在喃喃自语。

【才不是呢。】

下意识吐露的俄语,在无人知晓的空气中慢慢散去。

第五章

住手！不要再为我争吵了

"好，终于结束了。走了，光瑠。"

"嗯。"

班会结束后，教室的空气中飘荡着放学后特有的放松氛围。政近一边理着书包，一边抬头看向两位好友："嗯？毅你不去轻音社吗？或者是棒球社？"

"今天休息。最近两天活动时间不是固定的。"

"哦。"

毅和光瑠在轻音社组了一支乐队，不过毅同时还加入了棒球社。

至于出于何种理由。大概就是"兼顾运动和音乐的人就会很受女生欢迎"，这样简单又直接、充满了不纯动机的想法吧。但也很有毅的风格就是了。

"政近你直接回去吗？"

"嗯，毕竟也没什么能做的事——"

"政近你也去找个社团参加不就行了。虽说这个时点是有点晚了,但也还来得及?"

"好麻烦。"

"你这家伙……能在社团活动中尽情歌颂青春的机会,可就只有现在哦。"

看着慵懒的政近,毅一边说着"唉,真拿你没办法"一边摇了摇头。然后,他突然开始装模作样地抬头望天,开始了即兴表演。

"通过社团活动加深的友情!满是泥泞、挥洒汗水与泪珠拼搏的日子!然后是……于其中熊熊燃起的青涩爱恋!

"因为意见不合而破碎的友情。满是铁锈味、在血与泪中暗自懊悔的日子!然后是……因为被社团王牌一人霸占了所有女生们,而熊熊燃起的漆黑嫉妒之心。"

"住嘴啊!不要突然讲出这些狗血的社团活动阴暗面啊!我的社团活动可不是那样的!"

"所谓友情……终究不过梦幻泡影呢。"

"你看看你都讲了什么,把光瑠也拖入黑暗世界了。"

"抱歉啊光瑠。我的问题,请快点回到这边的世界来吧!"

"所谓恋情……大多也只会徒增心灵创伤吧?"

光瑠的双眼失去神采,忽然间背后仿佛开始出现某种黑色阴影。政近和毅见状赶紧拼命地安抚开导他。

好不容易才将堕入黑暗的光瑠拉回现实,政近与两人道别,独自朝着鞋箱走去。

"社团活动……啊。"

望着操场上聚集的足球社成员们,他用漠不关心的声音嘟囔着。

与因为学生会而忙到飞起的初中时期不同,此时的政近有充足的时间和精力参与社团活动。事实上,看到朋友们兴致勃勃地参加社团活动,他也并非毫无触动。

但是,总归内心还是没能被打动,自身也毫无干劲。无论如何,首先浮上心头的只有"好麻烦"这三个字而已。

对政近来说,要他开始尝试某件新事物,无疑要耗费难以想象的巨大精力。

"唉,大概结局也就是像现在这样磨磨蹭蹭,任由机会溜走,最后什么也做不到吧……"

即便是自嘲般的低语,内心也不免愈发烦闷。丝毫没能燃起激情的火花。

"唔。"

就在此时,口袋里的手机突然间震动了起来。

以防万一,先观察了一圈周围并没有老师后,政近拿出手机,看了眼屏幕上弹出的消息。

"唉。"

他小小叹了口气，转身往回走去。

穿过走廊，到达消息所指示的教室前，敲了敲门，走进屋内。在那里，转过身来迎接他的，正是将政近呼喊过来的周防有希。

此时正在柜子前蹲坐着整理器材的有希，看到政近走来，脸上突然绽出花朵般甜美的笑容，按住裙子站起身……然后，发出娇滴滴的声音朝他迎了过去。

"啊，是政近同——学——这里这里——"

平日里作风端正的大小姐风范荡然无存，取而代之的是莫名其妙的故作娇态。

要是被别的学生看到了，大概就是"大小姐是吃错药了吗？！"这种级别的目瞪口呆，不过政近也只是一边露出苦笑，一边陪着她一起闹。

"抱歉——等很久了吗？"

他同样故作姿态地走了过去，捏着嗓子发出撒娇的声音。外表是美少女的有希这么做也就算了，政近这种行为从客观的角度来看就非常恶心了。

虽说如此，有希却不以为意，继续着她的小剧场。

"嗯，等你好久了——"

"不对不对，这里说的话不应该是'没有啦，人家也才刚到'吗？"

"关系真好呢。"

从室内并排柜子的另一头猛然传来的冰冷声音，一下子"冻"住了政近的行为。

保持着僵硬的表情，他机械地扭过头往声音看去。在柜子上堆满的器材间隙中，露出一双无语的蓝色眼眸。

"你、你也在啊，艾莉。"

"我在哦。打扰到你们可真是抱歉？"

"没有的事，哈哈……"

政近露出谄媚的笑容试图讨好眼前话中带刺的艾莉莎，顺便用目光朝有希狠狠抗议了一眼。

但当他看到有希已经完全恢复到原来的大小姐模样，甚至还在用楚楚动人的笑容歪着小脑袋看自己时，他的脸颊还是忍不住抽动了起来。

（这家伙……）

当着艾莉莎的面，政近抑制住想戳一戳这张一本正经的脸蛋的冲动，只能以轻咳来转移话题："那什么……是要我来搭把手吗？"

"没错。光凭我们自己，人手可能不太够……能拜托你吗？"

"哦，我倒是没问题……但总有种被逼上梁山的感觉，有点难受。"

"想太多了吧。"

"难说。"

随口应付着有希的话，政近同她一起往里走去。

"艾莉也是，今天还请多多关照哦。"

"好。"埋头整理器材的艾莉莎眼皮都没抬，就这么随口对付了一句。见状，政近只得无言苦笑，伸手从有希那里接过了器材清单。

"总之，就麻烦你先从这里开始核对了。"

"目标是……桌子旁的那些椅子，去确认一下它们的数量和破损情况是吧。明——白！不过话又说回来，我初中时候就在想，这些真的是学生会的工作吗？"

"唉……谁知道呢。不过要是能实时掌握器材的情况，办活动的时候用起来就方便多了吧？"

"这倒也是……不过这么多工作，光靠你们两个女生做不完的吧……"

"是有提前拜托了会长过来帮忙，但会长毕竟是会长，平时里也很忙的。"

"原来如此。"

再一次感慨当前学生会的人手不足，政近开始了自己的工作。

根据清单一一确认数量，再将那些坐垫有破损或者脚垫被磨破了的椅子挪到旁边。

"不愧是你，干起活来还是这么利索。"

"马马虎虎。"

虽说得到了有希直率的夸奖以及感受到背后艾莉莎递来的赞许目光，但政近还是感觉体力有点跟不上了。

（啊——可恶，手臂这就有点痛了。）

虽然没在两人面前表现出来，但他自己明白，和两年前在学生会的忙碌时代相比，此时的自己确实体力下降了很多。

反复把叠放在一起的折叠椅拿上拿下，手臂和腰都有些酸痛了。

（啊——好累好痛好辛苦。早知道就不随便答应了。要是有希的联络能早来那么一点点，至少我就能把毅他们也拉下水了，唉唉——说到底，要是会长也到场的话，真的有必要喊我过来吗？）

即使在心中不断念叨着人渣发言，但将这份不满转化为动力的政近，手头上的工作速度也丝毫没有减缓。就在此时，身后传来了有希的声音："政近同学，能来稍微帮下我吗？"

"嗯？"

转头一看，有希正指着柜子最上层摆放的一个箱子，露出有些为难的表情。考虑到有希在女生中也算是身材比较娇小的那一类，让她自己去拿最高层的东西确实有些强人所难了。

（原来如此，是出于体力劳动和这种高处作业的缘由，才喊我过来的吧？）

明白过来的政近，朝有希走去，帮她把一大箱东西拿到了地上。

"谢谢你,政近同学。"

"嗯……话说,这里面是什么东西?"

从仅仅打开一条缝隙的盖子中,能看到各种稀奇古怪的彩色小盒子。好奇的政近伸手掀开了盖子,发现里面正放着各式各样的桌游。

"人生游戏[1]、卡牌游戏……这都什么啊?为什么会有这些东西?"

"大概是前几年被废除的桌游社的东西吧。因为是用学校预算买的桌游,所以部门废除之后,这些东西自然就由校方接收了。"

"哦,原来如此……那这些东西能出借吗?"

"可以的。只不过大部分学生都不知道这些东西能借吧。"

"也是。那这些东西一般在什么情况下会用到呢?"

"学园祭时的摊位……还有社团的庆功宴之类的吧?我们之前也有在纪念新学生会成立的联谊会上稍微玩了一下。"

"喔,那最后谁赢了?"

"我想想,姑且应该算是我吧?"

"也是。"

"然后第二名的是……"

---

1. 人生游戏为1960年由妙极百利(Milton Bradley)推出的桌游,与"大富翁"桌游类似,但在游戏内容上更强调包括学校生活、职场工作、结婚生子等人生大事的抉择,且游戏时间较短。

"你们二位，能不能把手动起来？"

"啊，艾莉同学，抱歉。"

"失礼了。"

听到艾莉莎的突然提醒，心虚的两人不自觉地缩了缩脖子，迅速结束闲聊，重新回到了工作状态。政近也有所反省，不再去想那些有的没的，而是全身心投入工作之中。

接下来的一段时间，三人都没有再说话，偶尔只有器材被移位时发出的零星响动，以及不知在写些什么的沙沙声。而就在这种沉默之中，艾莉莎的一句俄语戳破了平静：

【也来理我一下嘛。】

政近的心被暴击！不经意间打出的一击效果绝佳！

（唔咕——不对，这是诱饵！是艾莉稍微撒出一点诱饵引我上钩的伎俩！这个时候绝对不能有所反应。）

死咬住下嘴唇，拼命抵御此时心中的那股骚动。没错，此时的艾莉莎一定又在享受这种刺激的快感。以政近绝对听不懂为前提而羞耻发言，并且乐在其中。换言之，由于这并非出自她的真心实意，所以如果此时顺应她的话做出反应，那才会引来大麻烦。

【理理我——理理我——理理我嘛——】

压力，好大……

用小声哼唱的语调，不断对政近发送出搭话邀请，每一下都让政近在心中默默吐血。这种情况已经不能说她没在讲真心话了吧。

（话又说回来，到底是抱着什么心情才会唱出来的？不会感到羞耻的吗？！）

虽然政近如此在内心呐喊着，但艾莉莎其实也并非不会感到羞耻。

（唔嗯嗯嗯——）

强忍着不发出怪声的艾莉莎，看似只是蹲在柜子前整理着东西，实则内心正因为自己的大胆行为悸动不已。

虽然想着对方肯定听不懂，但还是偷偷往背后瞄着，确认状况。

好在从背影看政近依然只是在埋头工作，并无特殊反应，这多少让艾莉莎放下心来。

（唔，哼，居然真的没察觉。明明我都表现得这么明显了……真，真是个迟钝的家伙！）

背对背继续工作着的两人，其实此刻正各自因羞耻而微微颤抖。要是从旁观者的角度来看，也真称得上是非常有趣的景象呢。

【理人家——快理理人家——】

（咕唔！不、不可以，还不可以！从概率上说，她话中的对象可能并不是我，而是想让有希去找她，这样的可能性也并非不……）

只是这两人如此古怪的情形又怎能逃过有希的法眼。此时正站在房间入口处的她，突然朝艾莉莎抛来了好奇的询问："艾莉同学，怎么了吗？"

虽然被吓了一大跳，但艾莉莎还是很快反应过来，用平日里的表情和声音掩饰着："啊，不好意思。只是稍微哼了下歌。"

【不是在说你啦。】

（果然不是有希！我就知道！）

毫不留情地三连击，已经让政近摇摇欲坠，下半身不由得开始打战。

"原、原来如此——那是俄罗斯的歌？歌名是什么啊？"

听到政近这么问，艾莉莎骤然转身。不知道是不是错觉，政近感觉她有点开心。虽然无从得知真相，但这无疑又在政近的心上补了一刀。

"歌名叫……"

"怎么，不记得了吗？"

"唔。我想想……《传达不到的心意》？"

"哦……"

艾莉莎轻轻抬起头，双目含羞地看着政近给出自己的回答。至此，承受了这最后一击后，政近的心终于"安详地死掉了"。

"好，这样就差不多了。辛苦大家了。政近同学，非常感谢你的协助。"

"多谢,帮大忙了。"

"客气。"

大概一小时后,多亏了政近心无杂念后的超高工作效率,最后完成任务的时间,甚至比预期还早了不少。而当三人刚从器材室出来,就迎面碰到了一位高大的男同学。

"怎么,已经做完了吗?"

"啊,会长。您辛苦了。是的,多亏了久世同学的帮助,比预想中还要结束得更快。"

"你就是久世吧?幸会。我是学生会会长剑崎。久闻大名,一直听说你是个特别优秀的人。"

"呃,幸会。"

政近一边打着招呼,一边抬头看向眼前的男生。无须自我介绍,政近也认得他是谁。

高二年级的剑崎统也。是那位领导着本届高中学生会,且充满领袖气概的学生会会长。

他身材魁梧。身高自不必说,再加上肩宽胸厚,所以近看会感觉比实际上更加伟岸,乍看却称不上是一位美男子。

倒不如说脸孔略显成熟,与他的体格一起,给人感觉并不像是高中二年级的学生。

不过眉毛干净整洁,配以一副时尚眼镜,再加上他那自信洋溢的表情，赋予了他男性特有的魅力与威严。

（原来如此，这样看来确实是很有领袖的气场。）

一眼望去，就能让人感受到他的可靠，自然而然地就会觉得追随他没什么问题。夸张点来说，就是颇具王者风范。

政近一直有些好奇，这男人究竟是何方神圣。今日一见，果真是名不虚传。

"那么，我就先告辞了。"

"请留步。明明麻烦你过来帮忙，我们却毫无表示的话，那实在是不太好意思。既然还有时间，方便的话不如赏光一起吃顿饭。"

"不了，好意我心领了……"

对统也的邀请，政近莫名感到有些畏惧。不光是因为要婉拒第一次见面就邀请自己吃饭的学长，同时一个不好的推测也浮现在了他的脑海中。

具体来说，他怀疑，说不定这才是有希叫他来的真正目的。而仿佛是要肯定他的这种猜测一般，有希也开口帮腔道："这不挺好的吗。毕竟就算是现在回家，你也没饭可吃吧？"

"有希……"

"哦？周防你很清楚久世的家庭情况吗？"

理所当然的，统也和艾莉莎朝有希投去了满是疑惑的视线，而有希则是若无其事地微笑着，回答道："毕竟我们是青梅竹马。"

（不是，这也没回答他的问题吧。）

不只是政近……或许连统也和艾莉莎也在心中这般吐槽道。但奈何有希那仿若古希腊雕像般含蓄庄重的微笑，流露出一种让这些无趣吐槽无从下嘴的压迫感。

"原来如此……不过既然如此的话，那就正好。周防和九条妹妹也一起来吧。把这些杂事都塞给了你们，作为回报，今天就由我来请客吧。"

"感谢招待啦，会长！"

"我明白了。十分感谢。"

"哎？真吃啊。"

不知不觉就被牵着鼻子走了。老实说政近一点都不想去，但他也不想过于强硬地拒绝，只得小心翼翼地跟在后面。

（这就是，学生会会长的铁腕吗？）

正当政近自暴自弃地考虑这些事情的时候。有希突然回过头，朝他笑了一下。果然，这才是她今天的真正目的。

（这就是，学生会宣传的策略吗？）

政近暗自叹息，不自觉地望向了走在身旁的艾莉莎。

"干吗？"

"不，没事。"

"没事？毫无理由盯着女性的脸看，可是很失礼的哦。"

"对不起。"

她所言极是。政近反省并坦率道歉后，重新看向前方。

（这就是，学生会会计的不近人情吗？）

政近就这么在心中想着这些蠢事，满是感慨地眺望远方。

【会害得人家心脏怦怦乱跳的。】

闻言，眺望远方的政近默默吐了口血。虽然能感受到面露微笑的艾莉莎频频往自己这边偷瞄，但此刻的他已经没有了对此反应的余力。他的 MP[1] 已经彻底归零了。

再一次进入"无"之境界的政近，在玄关处换好鞋走到了室外。

走出教学楼的四人，正好迎面撞上了一群看似是足球社的人。结束训练的他们，自然而然地为政近等人让出了道路。

（不对，并非我，而是看到了其他三人吧。）

就这样和众人擦肩而过的瞬间，他清晰地感受到旁边所传来的好奇目光。果然，最引人注目的还是艾莉莎。

之后是有希，再然后是政近。只不过，投向政近的视线大多包含了"这人谁啊？"的讶异。

（唉，这也是理所当然的。）

政近也觉得自己格格不入，多多少少感觉到有点不舒服。

与此相对，明明身上聚集了要比政近更多的目光，艾莉莎

1.MP 为"精神力（Mental Point）"的缩写，游戏术语。如果精神力归零，那么将无法再使用任何魔法，因此 MP 也常被称作"魔力值"。

和有希则显得完全不为所动。该说句"真不愧是她们"吗？能表现得如此毫不在意。

事实上，哪怕走出了学校，情况也没能好转。路过的行人把视线都集中到了两位女孩子身上。但是，除了政近以外的三人，却仿佛司空见惯一般，沿着道路泰然自若地前进着，最后抵达的目的地是距离学校十分钟路程的家庭餐厅。

在被安排的座位上，首先是统也坐到了最里面，但政近为了避免和他面对面，只得催促两位女生先坐。不过……

"政近同学，请吧？"

"不不不，艾莉，你先请。"

"扯到我身上干吗？"

露出若无其事微笑的有希，邀请政近坐到统也对面。但他面不改色地推给艾莉莎。再然后，就是大家数秒的僵持。

最后出声打破僵局的人是统也："行了，久世，快坐下吧。店员小姐在为难了。"

抬眼一瞧，确实有位用托盘端着水杯的年轻女店员站在旁边不知所措。没办法，政近只得认命坐到了统也对面。紧接着，有希伶俐地滑到了政近旁边的位置，最后的艾莉莎则在统也旁边落座。

"虽然现在才讲有点晚了，但穿着校服绕路来这里吃饭是违反校规的吧。"

125

"别在意。因为学生会工作忙到太晚，不得不在外面吃饭的情况很常见的。实际上校规早就形同虚设了。好了，你们快点餐吧。每人控制在一千日元以内就行。"

"会长，最后一句话让你的帅气程度减半了哦？"

"哈哈，周防，毕竟钱包可不能靠男子气概填满。"

统也的玩笑话让气氛缓和了不少，政近紧绷的肩膀也放松下来。但是，还没到能彻底放松的时候。当按统也说的，每人点好一千日元以内的晚餐后，话题立刻集中到政近身上。

"话说回来，真亏你们能这么快就解决干净。我都做好要拖到明天的心理准备了。"

顺着统也的话，有希立即接过话茬，跟他一唱一和起来。

"都是因为有政近同学的帮忙。果然，有男生搭把手就是不一样。更何况他还经验丰富。"

"说得没错。"

"政近同学很厉害的哦！无论是体力活还是行政工作，他都能毫无怨言地完成。交涉和谈判更是他的拿手好戏。"

"喂，有希。你太抬举我了，捧也要有个度吧。"

"这样啊，能让周防同学说出这种话的人，可是很少见的。怎么样久世，要考虑一下加入学生会吗？我们正缺人手负责总务工作呢。"

果然变成这样了。政近瞪了身旁的有希一眼，再次郑重其事地婉拒了统也："实在抱歉，我对加入学生会没什么兴趣，初中的时候就已经受够了。"

"这样啊……确实和初中部比起来，高中部的学生会有更多麻烦的工作，但相对而言，收益也更可观，不是吗？相比其他学校，我们学校的学生会话语权要更大，不客气地讲，在升学时的内部评价[1]上，也能发挥很大的影响作用。"

统也的话所言非虚。光是能参与征岭学园的学生会，就已经是履历上光鲜亮丽的一笔了。

在保送大学时的有利作用自不必说，此外，在制度中占据了学生会中心地位的会长与副会长，这两个头衔的拥有者们更是超越了整个学校阶级，精英之名当之无愧，甚至在进入社会之后也能发挥重大作用。

毕竟，世间甚至存在着只以征岭学园学生会会长与副会长组成的校友会，许多政界与经济界的达官显贵也名列其中。

若能让学生会在自己任期的一年内平安完成交接，那基本等同于有了日后在社会上飞黄腾达的保证。

反过来说，如果在自己任职期间接连祸事不断，那就会被扣上"无能"的帽子。但即便是这样，觊觎会长之座的学生也数量众多。而瞄准下任学生会会长和副会长宝座的人，所能找到最

---

1. 内部评价，包括学生在校时的各项指标，如学业成绩、志愿活动等，是日本申请大学时的重要参考依据之一。

快的捷径，就是先从学生会普通成员做起，积累"政绩"。

"很可惜，我并没有那样的野心和上进心。现在也还没决定要去的大学，所谓有大人物的人脉也并不吸引我。"

看来即便学生会好处多多，对于将来毫无目标，每天散漫度日的政近而言，都算不得什么。

"别这么说，来和我一起经营学生会吧。然后，我们再一起参加下届学生会的选举。"

"不准随口加那么多要求！而且就算没我，下届学生会会长不也非你莫属？毕竟你以前都担任过初中部的学生会会长了。"

"人家想和政近同学一起运营学生会。"

"不要。好麻烦。"

面对有希的请求，要是换成学园的其他男生，大概九成以上都会不假思索地点头答应，奈何政近就是拒绝得如此果断。见这两人说得有来有回，一旁的统也觉得挺有趣，抬手摸了摸下巴，说道："久世，如果说下届学生会非周防莫属的话，可就大错特错了。毕竟还有其他有力的候补者，比如说这位九条妹妹。"

一边说着，统也一边瞥了眼身旁的艾莉莎。顺着他的视线，政近也望了过去，和艾莉莎无言地四目相对。

"艾莉，你决定参选下届学生会竞选了？"

"没错，明年要和有希同学一决高下。"

艾莉莎用毫不掩饰的眼神直视有希，而在视线彼端，有希则面带微笑波澜不惊。政近仿佛都能看到两人背后燃起的熊熊烈焰。

此时，统也像是在试图改变紧张的氛围，转头又向艾莉莎问道："话说，九条妹妹，你和久世是同桌吧。你对他评价如何？"

可惜从结果来说，这不过是在火上浇油。

"如何？就算你问我……实话实说的话，用'懒散'二字就足以概括。"

"哦？"

见艾莉莎一脸冷酷地如此断言，统也露出了感兴趣的表情。

艾莉莎就这么将视线转向政近，政近却如早有预料一般耸了耸肩。

倒不如说，他反倒暗自叫好说"可以，就这样一口气把我在有希口中的过高评价往下拉点"。

"经常忘带东西，课堂上称不上认真，成绩排名也总是倒数。"

"这是因为政近同学没干劲的时候，就只会以最低功率行动。但即便这样，他也总是能保持在及格线以上的水准。"

面对艾莉莎的无情批评，有希立刻接过话茬帮政近说话。艾莉莎眉头一动，身后仿佛再次冒出火焰。

"说的也是。同桌相互改卷子的时候我也发现了，如果是小考的话，他的确每次都能回避掉补考。这的确让我有些佩服。想必如果拿出干劲的话，一定能取得好成绩。"

"毕竟政近同学原本脑子就很好使嘛。聪明到不费吹灰之力就考进了这所征岭学园。啊,虽说这是因为我是他的青梅竹马才会知道的事情。"

"久世同学不光聪明,运动神经也很发达。但不知道为什么球类运动一塌糊涂,之前还在篮球课上扭伤了手指。"

"政近同学从小就不怎么擅长球类运动。啊,虽然我也没资格说他就是了。不过对政近同学来说,最喜欢的体育运动是长跑对吧?"

噼里啪啦,噼里啪啦。

此时的艾莉莎,身后的烈焰幻影越烧越旺。但明明只是幻影,政近却仿佛真的身处其中,额头逐渐开始冒汗。

说来也奇妙,在艾莉莎正前方的有希反倒能面不改色,保持冷静。

"让,让各位久等了——"

就在此时,传来了上菜的店员小姐犹犹豫豫的搭话声。

坐在靠近走道的两位美少女正散发着"生人勿近"的可怕气场,这让她的职业微笑不免更僵硬。而且仔细一看,似乎正是刚才那位手捧托盘站在一旁茫然不知所措的店员小姐。

有点可怜,今天大概就是你的倒霉日吧。

"晚饭都来了,不如先吃吧。"

听统也这么说,艾莉莎和有希停止了互相瞪眼,餐桌上的气氛终于有所缓和。

政近对统也的尊敬度上升了。顺带,店员小姐对统也的好感度也上升了。

吃完饭走出餐厅,天色已经完全黑了。

吃饭时光总体来说还算和谐。由今天做东的统也聊起话题,再由聊天水平高超的有希适当地有所回应,政近和艾莉莎只要在旁边负责倾听就好,因此不会再有场面失控的风险。

代价是用餐过程中统也和有希三番五次邀请政近加入学生会,但全都被政近一口回绝了。

"多谢款待!"

"不客气!"

在统也结完账,一行人走出家庭餐厅后,作为后辈的三人向他鞠躬致谢,统也大方地点头回应。不过,在走向停车场方向的路上时,他却露出了若有所思的表情:"九条妹妹你是走路回去对吧?我和周防都是坐电车,久世你呢?"

"啊,我也是步行。"

"好,那我送周防回去,九条妹妹就拜托你了。"

"包在我身上。"

这番充满绅士风度的发言,让政近对统也的尊敬度更加高了,他坦率地点头应承下来。但在此时,有希却显得有所顾虑般举起了手。

"那个,会长。感谢您这么贴心,但我会叫车子直接过来接我，所以没关系的。"

"嗯，这样啊。"

"对，我在这里等车来就行，还请您不必介怀。"

"明白了。那下周见。"

目送统也走向车站逐渐远去的背影后，政近转头与艾莉莎四目相对。

"那，我们也走？"

"不用特地送我，我也没关系的。"

"那怎么行。好了好了，快走吧。那回头见，有希。"

"嗯，再见。"

"明天再见了，有希同学。"

"好的，艾莉同学也再见。"

在有希微微鞠躬地低头送别中，政近和艾莉莎朝着与统也相反的方向离去。

"艾莉，你家距离这里多远啊？"

"大概二十分钟。"

"原来如此，那还要走挺久的。"

"久世同学呢？"

"我？我十五分钟就到了。不过考虑到走路速度，我们两家的距离应该也不远。"

"这样啊。"

然后便是漫长的沉默。不知为何，两个人谁都没有再开口，就这么安静地走着。一段时间后，突然路前方的烧鸟屋门户大开，从里面涌出一大群像是上班族的人。

"真是的，研发部那群家伙，把我的销售当成什么了！"

"部长，你喝多了！"

"矶山先生，还请稍稍控制下音量！"

满脸通红的中年男性嘴里正念叨着醉话，旁边几个看似是部下的男人正在尽力安抚着。

眼见对方醉得不行，政近赶紧招呼艾莉莎往车道这边靠过来，不要有眼神接触，低头快速通过。

可惜事与愿违，就在快要擦身而过时，那位被称作部长的男人发现了政近和艾莉莎，尔后不知怎么的，毫无征兆地就把脸一歪，开始大呼小叫了起来："什么？这个时间点还在外面鬼混？真是的，最近的学生啊，一天到晚就只知道玩了！学习才应该是学生的本分吧？"

"矶山先生！这样不好吧！"

"部长！部长！您冷静一下，别激动。"

"吵死了！而且……什么啊，那都是？"

不顾周围部下的劝阻，醉汉死死盯着走在政近身后的艾莉莎，然后用鼻子不屑地冷哼了一声："什么乱七八糟的发色。真想看看你爸妈长什么样。估计也是你这样一副吊儿郎当流里流气的下作模样吧!"

仿佛是故意让大家都听到,中年男性开始用很高的声音骂骂咧咧。而听到这话的艾莉莎,也猛然停住了脚步。

"喂,艾莉。"

察觉艾莉莎怒火的政近为了避免徒生事端,极力劝阻艾莉莎不要理会。奈何艾莉莎已经停下脚步,朝那男人投去了冰冷的目光。然后用比平日里教训政近时还要鄙夷几倍的语气回击道:"不知廉耻的大人。"

声音虽然不大,但在中年男性和劝其冷静的部下们的大声喧哗中,却奇迹般地格外清晰。如此不留情面的话语,让男人们都愣住了,仿佛被震慑一般停止了动作。

但是,很快那位被称作部长的男人,脸上的表情因愤怒而变得扭曲,全然不顾回过神来的部下们,一把甩开他们的手,粗鲁地走到艾莉莎面前。

而与他对峙的艾莉莎,则以一步不退的强硬姿态站着……此时,原本还站在她后面的政近,突然闪身挡在了她和那位中年男性之间。

面对眼前怒气冲冲的醉汉,政近突然露出了与现场气氛格格不入的柔和笑容:"矶山部长,好久不见。上次见面,还是在我哥哥婚礼上打招呼的时候吧?"

"哦,呃,哦哦?"

突如其来的客气问候，仿佛当头棒喝，让男人一下子蒙住了。意料之外的事态，让他酒醒了不少，他面带困惑地打量着政近的脸。

"看您还是这么有精神真是太好了。哥哥说贵公司是我们的重要客户，因此我对您印象深刻。"

"啊，唔，嗯。"

点着头，男人的脸上写满了"你是谁啊？"的困惑不解。

但是，政近口中的"客户"，却让他逐渐变得有些焦虑了。

男人的部下们还有艾莉莎，同样处于搞不清楚状况的困惑中。只见面带柔和笑容的政近，继续慢慢地补充道："而且话又说回来……您在我哥哥的婚礼上时，也喝了不少酒吧？您还真的是喜欢喝酒呢。"

"啊，嗯。我这人就好周末的时候找人喝个痛快。哈哈哈。"

"原来是这样啊。啊，对了，忘了和您介绍，这位是我的未婚妻。"

彻底变成了预料之外的超展开。政近伸手搭在了两眼瞪得大大的艾莉莎的肩膀上，露出了有些自夸的表情："是位特别优秀的女性。在她面前，我都有点自惭形秽了。"

"这，这样啊。原来如此，确实是看上去就很聪明伶俐的孩子呢。"

虽然萦绕于眉头的困惑还未消散，但他还是假惺惺地露出笑容，给出了和刚才截然相反的评价。

见此情景，保持着柔和微笑的政近，目光却突然冷了下来。他略微压低了声音，提醒道："没错吧？而且她的母亲是外国人。她的这头秀发正是继承自母亲。如何？很漂亮吧？"

"是，是啊……"

近距离看到艾莉莎那明显继承了外国血脉的脸庞，中年男性意识到政近所言非虚。

像是突然从醉酒中清醒过来，他露出有些尴尬的神情，朝着艾莉莎低头道歉："那个……真是不好意思。虽说喝多了，但我的话实在是太失礼了。"

见状，政近收起了他锋芒毕露的锐利眼神，平静地开口说道："我接受你的道歉。你呢，也没意见吧？"

"……"

政近转头看向艾莉莎，见她还是瞪着中年男一言不发。

即便如此，政近还是当她也并无异议那样点了点头，随即像是要藏住艾莉莎表情一般，伸手就把艾莉莎搂到怀里，催促她赶快往前走。

"那么，我就先告辞了。"

就这样，他和艾莉莎一起慢慢离开了冲突现场。一路无话。终于等彻底看不到那群男人了，政近这才放开了搂住艾莉莎的手，长长地叹出一口气："真是的，太乱来了啊。你也知道，和那样的醉鬼是不可能讲通道理的，只会彻底激怒他罢了。"

"胆敢侮辱我的父母。就算是喝醉了，也不可原谅。"

"都说了，太乱来了。真要动起手来怎么办？"

"无所谓，我也多少学过一点防身术，没柔弱到连区区一个醉鬼都搞不定的程度。"

还是没消气的艾莉莎，强压心中怒火，用竭力维持住平静的声音反驳道。见此，也不是不能理解她心情的政近，也只好说着"这可不好说"，一边挠了挠头："唉，总之那个大叔也认识到自己错了。就不跟他计较了吧？"

"知道了。"长叹一口气的艾莉莎，如她自己所说的，恢复到了平静的表情，"不过，你居然认识刚才那群人？"

"不啊？完全不认识。"

"什么？！"

政近带着似笑非笑的表情，看向呆住的艾莉莎。

"哎呀，不过还真没想到，哪怕是面对面[1]，装熟人的诈骗方式也能成功耶。"

"哈，哈？也就是说，你们其实完全不认识？那你哥的婚礼呢？"

"我连哥哥都没有哦。"

---

1. 这里的日语原文直译为"我我诈骗"，是在日本常见的诈骗手段。具体而言，就是在电话中冒充受害者的家属，谎称紧急情况需要用钱进行的诈骗。因为当被问及是谁时，骗子会反复强调"是我啦！是我！"，因此得名。

"什、什么？"

"虽说主要是对方都快醉得不省人事了，但能这么顺利我也是没想到的。刚才可紧张死我了。哈，哈，哈。啊——还好一切顺利。"

听政近发出空洞的笑声，艾莉莎露出很是头痛的表情，问道："为什么，为什么要做这种事？"

"嗯？唉，怎么说呢，就是看他当时气血和酒精一齐上涌，想着用工作的话题让他冷静一下。还有的话……就是……"

"就是什么？"

政近看了眼好奇的艾莉莎，耸了耸肩补充道："听到那个大叔口出狂言，我也挺火大的。就想着稍微威胁他一下。就结果来说，既没把事情闹大，还让对方也道歉了，堪称完美收场。"

"哈……真亏你情急之下能编出这么一大堆谎话。你啊，说不定有成为欺诈师的才能哦？"

"没礼貌。我可是纯洁无瑕的政近先生，你怎么这样凭空污人清白！"

"哦。"

"不要啊，露出那种敷衍的眼神什么的，这样反而更伤我的心啊。"

看到政近露出楚楚可怜的表情，艾莉莎哼笑了一声，随即自顾自地往前走去。见状，政近赶紧快步赶上。而在两人又并肩走了一段路后，艾莉莎突然看着前方轻声说道："谢谢你。"

"哦，不客气。"

政近也就这么看着前方，随口应付了一句。此后，两人就又陷入了沉默。最后，无言的两人走到了一栋公寓门前，艾莉莎停下了脚步。

"到了？"

"到了，谢谢你送我。"

"哦，不客气。"

站在公寓的大门前，两人面对着面。政近挠了挠脑袋，最后又叮嘱了几句："那个，虽说今天的事情比较罕见。但你真要是一个人再遇上了，无视就好，真发生了什么的话，那就追悔莫及了。"

"怎么？你在担心我？"

"啊，是有点。毕竟即便是你，也会在处理人际关系的时候露出有点笨拙的一面。"

明明艾莉莎只是想调侃一下对方，谁知却得到了政近一本正经地回答。

面对如此的真情实意，艾莉莎也收起了笑容，眨巴眨巴眼睛。

"这样啊，"她小声嘟囔了一句，然后转身走向大门的方向，"知道了。以后，我会小心的。"

"嗯。可千万别忘了哦。"

"……"

又往前走了几步的艾莉莎，在自动门前停下了脚步，突然头也不回地叫了政近一声："喂，久世同学。"

"嗯？"

"你真的……不想加入学生会吗？"

"不是，怎么你也开始问我了？"

"回答我。"

在这不容许任何敷衍或玩笑话的坚定语气之下，政近也收起了他那玩世不恭的笑容。然后，他用确保不会留下任何回旋余地的口气，同样坚定地答复道："没错，我完全不想加入学生会。"

"那如果——"

但艾莉莎没有放弃。她的语气中带着一点急切，继续说着："如果，我——"

但是，话到一半就停住了。在沉默了数秒后，艾莉莎只是摇了摇头："没事，就这样吧，晚安。"

"嗯，晚安。"

然后，她的身影就这么消失在了公寓之中。目送她远去的政近，也转身踏上归程。在路上，他仰望夜空，自嘲似的笑了笑，自言自语道："艾莉也是，有希也是，到底在对我这种人抱着什么期待啊？"

隐隐约约的，政近能猜到艾莉莎想说什么。但即便如此，他还是选择了故作不知。

"我什么也做不到。"

政近自嘲般苦笑着,从心底陡然升起一股凄凉之感,踏上了归家路。

"我回来了——"

送完艾莉莎后,政近回到了自家公寓,却在门前发现摆放整齐的一双鞋子,这让他不禁皱了皱眉头。

这间公寓只有政近和他父亲两人共住,而现在因为工作关系,作为外交官的父亲正在海外出差。

怎么回事,怎么会出现一双既不是我的也不是父亲的鞋子?

(她不是说已经回去了吗……)

皱着眉的政近走近客厅。打开门一看,只见有希穿着长袖衬衫和运动裤,非常随意地把头发束成马尾绑在脑后,正大大咧咧地坐在椅子上看着电视里的动漫。

"啊,你回来了——有好好地把艾莉同学送回去吗?"

"不是,你在这里干吗?"

"哎?因为我今天住这儿啊。"

"完全没听过这回事。"

"毕竟我也没说。"

看着电视的有希头都没动,就这么随口应付着。

这副姿态，这副态度，与学园里任谁见了都要夸一句完美大小姐形象相差甚远，若是第一次见她的人，恐怕会以为眼前的人只不过是长相相似的另一个人罢了，反差实在巨大。

此时，恰好有希看的动漫告一段落，进入了广告时间。

而广告播放的正是某部知名暗黑奇幻风漫画所改编的电影。她指着广告对政近说："我明天要去看这个。"

"哦。"

"哦什么哦，你也要跟我一起去。"

"不是，这你刚也没说啊？"

"是没说呢。"

看着眼前的有希丝毫没有反省，政近叹了口气看向那则广告。

"但话说，你不是向来不吃动画真人化这套的吗？"

"别说了！这我也知道的啊！"

政近的无心之言刺痛了有希，她突然伸出手来示意政近就此打住，自己则接过话茬滔滔不绝地解释起来："这种事我当然知道了。当初一看到选角，我就知道十有八九又要毁原作了！说实话，就连那个宣传片都充斥着完蛋了的气息。但是！看都没看过的人是没资格开喷的。万一，你说如果就那么万一，去看后非但没踩雷，还发现简直就是宝藏，那怎么办？当然我懂，就是因为有我们这种不管好不好看都会去贡献票房的人，这样的真人烂片才会接连不断地拍出来。我懂的啊，我全部都懂的啊！！"

"喂喂，别那么激动，控制一下情绪啊。怎么搞得跟突然知道了什么不该知道的惊天大秘密一样。"

"我懂，我懂！我和哥哥虽然名义上是兄妹，但实际上并无血缘关系。这些事，我全都明白的啊？！不对，你在让我说些什么——啊。我们的血脉相连可是货真价、实难舍难分的呢——"

"难舍难分？这词太夸张了吧？"

"没有啦，因为……不是也有这种剧情吗？以为是兄妹，但实际上是表兄妹——什么的。这种情况下，不是在广义上也可以被称作血脉相连的吗？"

"啊，这倒是。因为不是兄妹是表兄妹，所以干什么都可以。"

"唉，你啊你啊，我看你是完全不懂哦？"

"什么啊？"

歪过脑袋的政近，看到有希怒目圆睁，朝他大声怒吼道："你这混蛋！！就是要兄妹才好啊！！"

"你都在说些什么啊？！"

周防有希。在学园内自我设定为政近的青梅竹马，实际上即是政近的宅友——还是父母离婚后，一直跟着母亲生活的，他如假包换的亲妹妹。

143

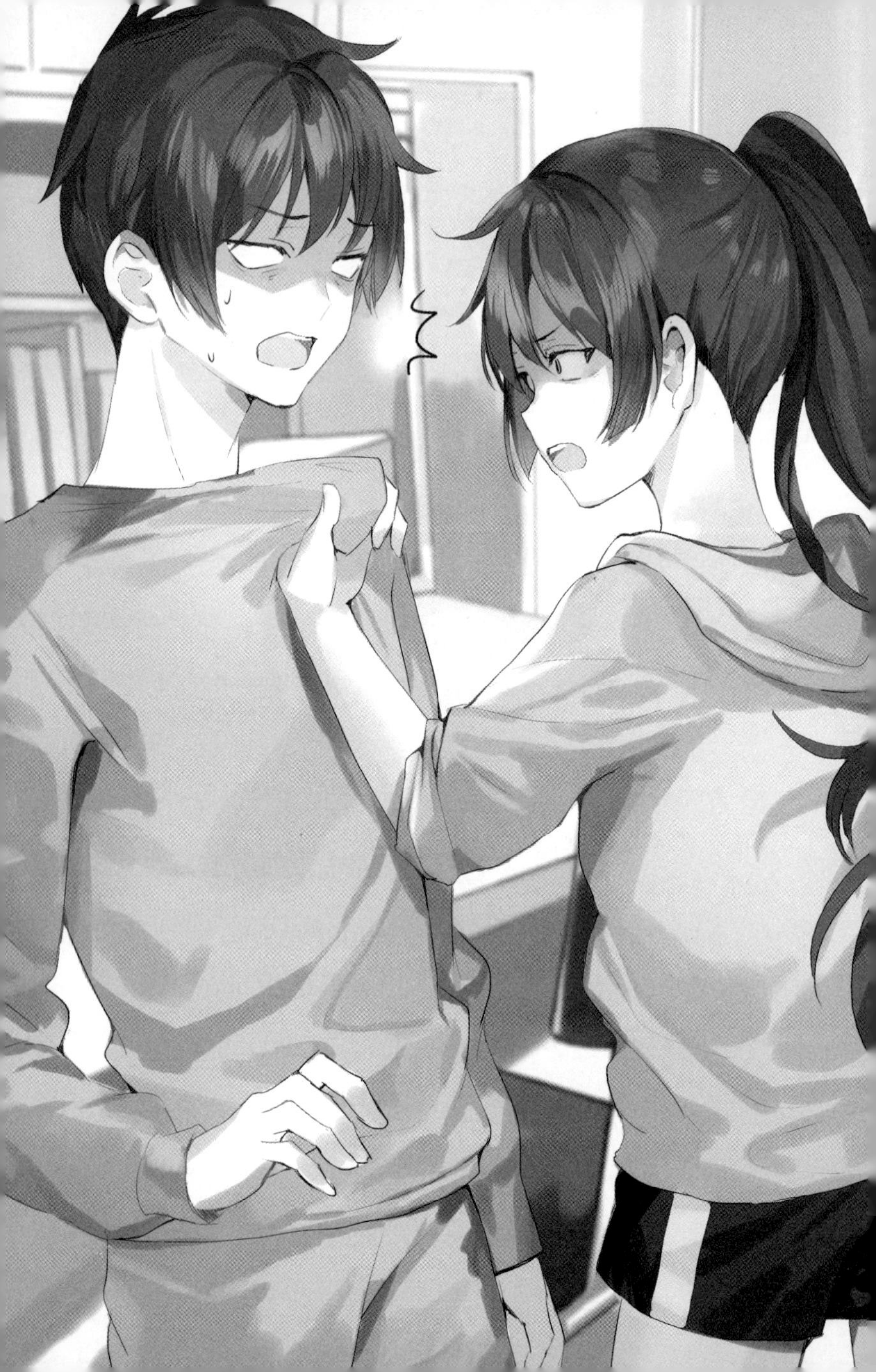

第六章
我还是第一次见人面露死相

爷爷家附近的公园。小学放学后,走在回家路上的我,和往常一样快步朝那里跑去。

在公园入口四处张望时,我看到她正坐在一个有几个小洞的圆顶形游乐设施上,小小的身影乖巧可爱。

【喂——】

我一边喊着她的名字一边跑过去,而她也很快注意到我,脸上露出快乐的表情,使劲朝我挥着手。

【贞敬!】

【都说了,是政近啦!】

我和平常一样苦笑着纠正她的发音,但她却毫不在意,依然笑盈盈的样子。看到那笑脸,我也就觉得无所谓了。

【贞敬,你也快爬上来!】

【哎?】

【快!快!】

【真拿你没办法啊。】

圆顶形游乐设施的旁边安装了梯子,小小的我把书包放在旁边,手足并用使劲往上爬。

【好——我上来啦——】

爬到圆顶最高处,在那里迎接我的,是她欢快的笑脸。那天,她夕阳下闪闪发光的金色长发以及笑得眯成一条缝的蓝色眼眸,我至今仍然念念不忘。

【快看快看!夕阳好美!】

【真的耶。太美了吧!】

并肩而坐的两人远眺夕阳,天南地北地闲聊着。虽说是闲聊,但主要还是我在对她说话。

【还有,那所征岭学园是我爸爸妈妈的母校。虽然难度很高,但是以我的成绩来说,还是轻轻松松啦!】

【好厉害!贞敬你真是什么都能做到耶!】

【嘿嘿,那也没有啦。】

即便是小男生自吹自擂的夸耀,她也从不露出嫌弃的表情,只是真诚地向我送上赞美。我喜欢她的笑容。

只要能听到她的夸奖,我就好开心,好自豪,所以无论付出多少努力,吃多少苦头,我都愿意。

学习也好,运动也好,音乐也好,只要是为了她,我就能一直加油做下去。

【啊，你要走了吗……】

日落西山，便是分别之时。这是我和她定下的约定。

【那就明天见啦。贞敬！】

【嗯，明天见——】

道别的时候，她紧紧地抱住我，用小脸轻贴我的脸颊。

我虽然因为害羞而没给出任何回应，但心里其实早就乐开了花。之后，她放开抱住我的手臂，一边微笑着，一边——

"咚——"

"呜啊！"

突然间，从胸部到腹部传来的一股强大冲击力，把睡梦之中的我强行拉回了现实。

"咕唔！咳，咳咳。"

"Good morning—— my brother——"

"唔……你，你，就因为你这一下，我现在一点都不Good 了！"

总算缓过劲来，我调整好呼吸，瞪向了此时正嘻嘻笑着跨坐在我身上的有希。见我这副反应，有希有些意外地挑了挑半边眉毛。

"喂喂，生什么气呀？能在早上被可爱的妹妹压醒，这可是全世界男子高中生梦寐以求的事？尽情暗爽吧！"

"别说得像是起床整蛊一样啊！这分明就是DV[1]吧！"

"就是Dear Venus[2]？真是的，兄长大人，你可真是个大、妹、控！"

"家庭暴力！我说的是家庭暴力！别给我乱解释啊！"

"唔……哥哥究竟是对哪部分不满呢？"

"所有。所有的部分哦。"

听完我说的话，有希眉头紧锁不知在想些什么。但突然间，她露出了灵光一闪的顿悟表情，"啪"的一声打了个响指。

"懂了！比起被压醒，哥哥是更喜欢那种钻到被窝里，然后悄悄躺到身边的方式吧。"

"别，你真要做了我会被吓死的。"

"哎？那……原来是想我钻到床底下？好怪哦——"

"那更加吓人吧！"

"真拿你没办法呢。那下次我就钻到床底，然后等哥哥翻身下床的瞬间，伸手一下子抓住脚！"

"你到底在给自己设定成什么角色啊……"

"用恐怖惊吓叫哥哥起床的妹妹，是不是很新颖？"

"新颖过头了……行了行了，差不多该玩够了吧？"

我对仍坐在我身上双脚不停晃动的有希这么说道。她却露

---

1. DV 是 "Domestic Violence" 的缩写，意为 "家暴"。
2. Dear 意思是 "亲爱的"，而 "Venus" 指罗马神话中的维纳斯女神，她被视作美的化身。

出了一个得意笑容，把头一歪说："怎么了？"

"去死啊！"

我用零度视线近距离狠狠突刺这位一大早就跟哥哥开恶劣笑话的妹妹。有希则哈哈大笑地从我身上下来，转身走出了房间。

"唉，真是的……"

我终于能直起身子，坐到了床边。

"……"

好怀念啊，那个梦。是初恋的记忆。是我至今为止的人生中，最为光辉闪耀的时刻。在那个公园与她邂逅，一起玩了许多游戏。因为想和她说话，还认认真真学了不少俄语。

即便父母关系不和，即便只能一个人被寄养在爷爷家，只要有她在，我就从来不会寂寞。

没错，我当时的确喜欢上了她。只是……现如今却连她的长相和名字都想不起来了。

"啧。"

果然，我就是那个母亲的儿子。无论当时爱得有多么海誓山盟，转头就能忘得一干二净。我也是这样薄情无义的人呢。

某种冰冷的东西开始在心中不断堆积。那时还燃烧着的懵懂春心以及十足干劲，此时都已深埋于冰山之下，再也寻不见踪影。

失去干劲是有原因的。可以把责任怪罪到别人身上。只不过，无论让谁来承担这份责任，最终都会归因到自己是个嫌麻烦又懒惰的人渣上。这一结论从未改变。

憧憬努力，又厌倦努力。相比于没有自知之明的人渣，我至少是有自知之明的人渣。是只能用这样低标准的自我满足来宽慰自己内心的人渣。这就是我。

"像我这样的人……不可能适合加入学生会的吧？"

还说能成为副会长什么的，不过尽是些谵言妄语。也正是因为当初拗不过有希的请求，被迫跟她搭档成为副会长的我才会明白，那个位置，绝不是我这种既无激情又无觉悟的人所能染指的。

有希当选的那天，我在礼堂后面见到了另一位哭肿了双眼的候选人。

辜负了双亲的期待。甚至不知今天该以何种表情踏入家门。

呜咽着向同伴们倾诉的她，是在初一时一起作为学生会成员并肩作战的伙伴。

在有希面前故作坚强，称赞真是一场势均力敌的精彩对决的她，此时的恸哭所带来的震撼与罪恶感一起，深深刻入了我的心中。

背负了双亲期待的有希也是这样吗？但是，那我呢？只是因为对有希抱有亲情和愧疚，就成为副会长的我呢？我真的有将她击溃的权力吗？

接下来的一年间，我为了能抹去这段记忆，全身心都扑在了学生会工作上。

但即便如此，罪恶感也没有丝毫减轻。

这种回忆，我再也不想重新——

"咚！"

"你小子别想再重新睡回去……嗯？你起来了？"

"我说你啊……差不多得了，别再用脚开门了行不？你还老是只踹一个地方，那里都有点凹进去了耶。"

有希的破门而入打破了屋内的严肃气氛。虽然知道说了也没用，但我还是无奈地提醒了她几句。

事实上，我房间的门把手下方真的有一块凹陷，这块凹陷和周围相比，有种非常特别的光滑质感。可是顺着我的话转头瞟了一眼的有希，却不知为何露出了满意的微笑。

"如此数年后，想必就能顺利将它打穿了吧。"

"别搞这种滴水石穿一样的修行方法啊！你是哪里来的武道家吗？"

"自古以来能够踢破门扉的女主角不计其数，但能花费数年将门扉贯穿的，应该也就只有我吧。"

"说到底，现实中哪有这么多能踢破房门的女生啊！"

不过说实话，有希其实也并不是真的直接用脚开门。

而是先用手把门拧开，然后故意一脚踢到门上，如此破门而入。至于她为什么要这么做，对我来说也算是个永远的谜了。

"好啦好啦，赶紧起床——你可爱的妹妹为你做好早饭了哦——"

"知道了，知道了。"

我被她催促着走向客厅。在那里，桌上确实摆放着所谓的"早餐"。就是——

"……"

"老哥，你干吗？"

"这什么玩意儿？"

我指着盛在盘子正中央被叠了好几层的半固态鸡蛋料理，向她发出拷问。但有希只是眨了眨眼，用若无其事的表情回答道："这个？欧式炒蛋啊？"

"你直说这是玉子烧失败后的惨烈现场不可以吗？"

"哥哥在说什么？我完全搞不懂耶。"

面对故意背过身子的有希，我也只能朝她后脑勺摆出了无语的表情。

顺带一提，吃起来倒是还不错。就是淋上番茄酱之后，有种日式、西式一锅乱炖后难以言喻的神奇味道。

按原定计划看完电影的政近和有希，随着人流走出了电影院。这是家位于大型商业中心顶层的影院，他们走出来后，准备乘电梯下楼。

"嗯——"

有希伸了个大大的懒腰，呼出一口气，用放松的语气说道："哎呀……果真是烂到炸翻天了啊！"

"喂，别这么直接就说出来了。"

"真的是比预期中还要烂十倍——果然，光鲜亮丽的偶像们和暗黑奇幻的世界观就是格格不入，太强人所难了啦——直到最后那种刻意 COS[1] 的感觉都挥之不去，完全代入不了呢。剧情也是，大量笔墨都花在了最华丽的战斗场景上了，至于前后衔接的部分，根本就没好好展开。根本就没考虑到非原作党的观众吧？"

"是啊。但打斗部分确实做得还行，也算是值得一看。"

有希面带阳光笑容，嘴里却不断蹦出对这部电影的苛刻评价，而政近则在一旁苦笑着附和。现在这个时间点去吃午饭还是有点早，于是他们一边聊着电影，一边在商业中心内闲逛，打发时间。

"啊，那件衣服好可爱！我一直想要一条夏季连衣裙呢——但这是我一会儿要去 Animado 的预算……"

"我看看，一万五千日元……好贵！"

1.COS，是 Costume play 的简略写法，也称 Cosplay。意为模仿虚拟角色服饰或动作的角色扮演行为。

"真是的，哥哥你呀，也要注意多打扮一下自己哦——话说你有钱不？"

"我的零花钱没你的多吧？"

"但相对你平时也没什么开销吧？毕竟和我不一样，你不会去买周边什么的。"

有希这话倒是没错。事实上，和有希不同，政近对收集周边没什么兴趣，也不怎么买漫画和轻小说。

也正因如此，为了不被周防家发现自己宅女兴趣的有希，才会把买来的各种宅物都寄放在久世家的房子里。

所以，政近感兴趣的那些漫画或者轻小说，想看直接找有希借就行，没有自己再买的必要。

说起来，似乎最初也正是有希的不断"传教"，政近才会被感化成阿宅的。

"你这件衣服，都从去年穿到现在了。差不多也该买新的了吧。"

"不要。而且你说着这话，今天穿的不还是我的那些旧衣服吗？"

今天的有希身着长袖内搭，外面套了件宽大的衬衫，再配上一条牛仔裤，是相当中性的风格。

而那件衬衫和牛仔裤，其实都是政近的旧衣服。

"从某种意义上来说这么搭挺时尚的。毕竟要穿久了的牛仔裤看起来才更有味道。"

"这样啊……话说老妹。"

"有何贵干，兄长大人。"

"从刚才开始，视野中似乎就总有一抹银色时隐时现，是错觉吗？"

"我想并非错觉吧，My Brother。"

"是吧。而且我看你这家伙，不知什么时候马尾也解开了，行为模式也切回大小姐形态了。"

正如政近所言，有希之前束起的马尾现在已经重新散开，说话语气虽然没变，但行为举止已经重新变得和在学园内一样高雅。

"呵呵，在兄长您发现之前，我早就已经注意到了。"

"真的假的？什么时候的事？"

"刚下到这层楼的时候就发现了。"

"这么早……你也是有点本事的。"

"呵……我能敏锐察觉到来自熟人的视线。这就是那所谓的'超感知力'啊……"

"我说……你自己讲这种话的时候不会觉得羞耻吗？"

"呵……超羞耻的。"

"回答的时候能不要还是这么一本正经吗？"

当兄妹俩正拌着嘴时，斜后方隐约射来了一股炙热的视线。透过被安置在店铺前玻璃的反射，能注意到一位再熟悉不过的银发少女的身影，她正猫着腰，半个身子隐藏于柱子的阴影之中。

而且，如果不是我的错觉，此时能看到她身后传来的一阵阵"轰轰轰轰[1]……"的拟声词。

（好，接下来该怎么办呢？）

究竟是选择主动出击，去打个招呼好呢？还是选择维持现状，等对方自己过来搭话好？抑或就当作没看见，走为上策？到底该选哪条路？

但就在政近低头沉思的时候——

"哎呀，这不是艾莉同学吗？"

她身旁的有希却像是刚注意到对方一样，缓缓转过身打了个招呼。

（妹妹啊啊啊啊——）

没想到最后是正面突入，政近在心中哀号着。奈何木已成舟，他只得认命般转过身子，装出意外的表情掩饰道："哎呀，这不是艾莉吗。真巧啊。"

政近虽然对自己此时的演技毫无自信，但对艾莉莎来说，这点小事已经完全无关紧要了。

她漫无目的地划着手机，视线游离，步子彷徨地走近他们，用一种感觉尚未完全平复心情的颤抖声音开口道："嗯，是挺巧。

---

1. 该拟声词日语原文为ゴゴゴゴ，出自作品《JOJO的奇妙冒险》，用以渲染一种大战前的紧张氛围。

那个……其实我不久前就看到你们了，但是一直没找到合适的搭话时机……"

听她这么说，兄妹二人虽表面不动声色，但都暗忖："应该不是'不久之前'吧……"

即便如此，政近也掩藏不住自己视线中的同情，已经彻底进入大小姐模式的有希则以若无其事的态度微微颔首，说了句"是吗"。

"艾莉同学，今天来这里做什么呢？"

"嗯……想买点衣服。"

"原来如此。那午餐吃过了吗？"

"还没有。"

"那机会难得，不介意的话要和我们一起吃吗？刚好——"

"等等。"

终究还是无法坐视不理，政近出言打断了有希的邀请，板起脸向一脸天真无邪的有希问道："你不会想要带艾莉去那家店吧？"

"不可以……吗？政近同学应该也很期待吧？"

"不行的吧。带上艾莉的话，就应该去其他店。"

"怎么？有什么问题吗？"见两人无视自己，自顾自地开始了她听不懂的对话，艾莉莎忍不住开口插了进来。

"艾莉同学，你能吃辣吗？"

"辣？还好，吃是能吃……"

"我们接下来要去的这家拉面店口味有点辣。所以，如果艾莉同学不太能吃辣的话就——"

"别说得那么轻飘飘！艾莉，我就直说了，这家店的拉面口味不光是有点辣，而是超级辣的那种。虽然我也没去过，但大概是那种只有重辣爱好者才会去的店。所以——"

"我去。"

全然不顾政近的努力劝说，艾莉莎直截了当给出了她的答复。

她脸上的表情是如此坚定，让政近明白，他接下来的话大概率都将是白费功夫，但他还是在做最后的努力："说真的，还是不去为妙？也还有其他店，去那里也……"

"你们期待了很久吧？这样的话去就是了。因为我让你们改变计划，我也会过意不去。"

"不不不，这个时候就别逞强了……"

"哎呀？难不成是我打扰到你们了？"

"不是那回事……你这家伙，真的很能吃辣？"

"不算是不能吃就是了。"

即便心中百般怀疑，但此时的政近也无法断言对方在撒谎。

根据他的推测，艾莉莎是百分百的"甜党"。虽然从没向本人求证过，但通过观察她平日的言行举止，多少也能略知一二。

可是对于她能不能吃辣这件事，则是完全没有头绪。说到底，他记忆里的艾莉莎好像从没吃过辛辣的食物。

（唉，但既然本人都这么说了，而且那边应该也有不那么辣的菜品……）

不得不妥协的政近，心中怀抱着一丝不安前往了那家店。

"到了？"

"是的。"

离开商业中心后又走了一小段路，三人终于抵达了位于小巷子里的拉面店。而艾莉莎的表情也在此时僵硬了起来。

"我就知道"政近在心里无奈地摇了摇头。反观另一边的有希，则是露出了灿烂笑容："店名是，'地狱之锅'……对吧，这是拉面店没错吗？"

"是的，就是这儿。"

"但在名字里写了'地狱'？"

"请放心，因为菜品名里也会有。"

"这样……"

无论怎么想都不是个让人放心的词语，但大概是由于冲击力过强而有点麻痹了，艾莉莎抽动着嘴角点头表示接受。

"要不，还是下次再说？"

但是，听到政近的这句贴心询问，艾莉莎仿佛一瞬间做出了觉悟一般，瞪了政近一眼："那可不行。只是因为这样的店不常见，有些惊讶罢了。"

"行吧……"

见艾莉莎完全展现出了不服输的一面，政近心想着"这下说什么都没用了"，便不再言语，跟着有希走进了店内。

"欢迎光临！"

顿时，伴随着店员中气十足的招呼声，一股强烈的刺激性气味直扑面门，政近的身后传来一声"唔？！"的细微响动。

"请问几位呢？"

"三人。"

"好——嘞，三位吧台这边请——"

店员领着三人到吧台依次落座。

政近低头往艾莉莎那边瞥了一眼，只见她正按着鼻子，眼泛泪花。

虽然在以探访辛辣口味餐馆为兴趣的政近和有希看来，这里的环境可谓是习以为常，但对初来乍到的艾莉莎而言，这气味恐怕还是过于刺激了。

"没事吧？"

"你指什么？"

艾莉莎压抑着声音，竭力逞强。闭了闭眼睛把泪水憋回去后，她故作镇定地伸手翻开了眼前的菜单……然后愣住了。

第六章·我还是第一次见人面露死相

"我说……"

"嗯?"

"就算看了菜单,我也看不懂什么是什么啊?"

"能理解……"

面对僵住了的艾莉莎,政近表情微妙地点了点头。她有这种反应也是在所难免。

毕竟,菜单上写的净是些"血池地狱""针山地狱"这样令人不知所云的可怕名字。

而就在此时,用发圈将头发在颈后扎起的有希,熟练地开始了解说:"'血池地狱'正如其名,是以血色的汤底为特征的拉面,辣度最低。而仅次于它的就是'针山地狱'。这个名字也很贴切,据说它的辣味能达到让你的舌头感受到如同被无数根针刺一般的级别。"

"这、这……这样的话……"听了有希的解说,艾莉莎表情愈发僵硬,看向菜单最下方用恐怖字体写着的拉面名,"那这个'无间地狱'呢?"

艾莉莎哆哆嗦嗦地提出疑问,有希则回以一个像是听到好问题一般的灿烂笑容:"是只要吃过一次,自此之后就会彻底失去知觉的辣度!"

"那,那不就是神经坏死吗?"

艾莉莎此刻终于意识到了这家店有多么不妙,脸上露出了焦虑的神情。一旁的政近拿过菜单，同样浏览了一遍，确定不存在不辣的普通款式后，无奈地闭上了双眼。

"那么，我就要这个'血池地狱'吧。第一次来先从基础款开始尝试，这是惯例。"

"没、没错。先从基础款开始吧。"

"哎呀？两位点了同一款吗？这样的话，我也来份一样的好了。"

政近给了个台阶，艾莉莎顺势而下，有希也沾了光，最后三人都点了一样的拉面。

"话说回来，今天有希你的穿搭好中性风，还挺少见的。"

"哼哼，因为是休息日，所以想稍微转换下心情。"

"这样啊。的确感觉和平时的风格差别挺大，不过我觉得很适合你。"

"多谢夸奖！艾莉同学的便服也很适合哦，有那种专业模特的感觉。"

"真的吗？谢谢。"

政近被夹在两位女生中间，听着她们的谈话，一方面觉得还挺温馨，另一方面又有点不自在，同时还因周围男人们投向自己的目光而汗流浃背。

其中，那位看上去与自己年岁相仿的店员所投来的视线尤为难耐。

那目光赤裸裸地展现了完全的敌意。但是，抛开事实不谈，在旁人看来他的确此时就是正"左拥右抱"，好不快活，所以他也不好解释什么。

而且还不光是普通的女生，两位美少女都称得上是"人间绝色"。

换位思考，如果是自己看到这两人簇拥在一位长相普通的男生旁边，想必也会行注目礼吧。

然后就会因为阿宅本性，开始惊叹"哎？是恋爱喜剧主人公吗？而且还是后宫题材的那种？！"，最后自顾自地兴奋起来。

（唉，不过实际上两人也没在争宠，仔细一看就会发觉，不过是两位关系不错的女生和她们的拎包随从罢了。）

正如政近所想，看见两位美少女完全把中间的男生晾在一旁，自顾自地聊得兴致盎然，店里的大伙儿们似乎都释然了："啊，原来那男的就是个附属品……"于是好奇目光渐渐消散了。

用包含嫉妒和厌恶的目光瞪着政近的店员，此时视线也逐渐缓和，重新把注意力集中到了手头的工作中去……奈何就在此时，谈话中的有希随手扔出了一颗重磅炸弹。

"其实这件衬衣和牛仔裤，都是政近同学换下来的二手衣物。"

艾莉莎的笑容瞬间凝固，店内的空气也随之一滞。

（妹妹啊啊啊啊啊——）

大家好奇的目光又回来了。打工店员小哥也用不可置信的目光在政近和有希之间来回扫视。

"二手衣物?"

"嗯,我在自己家里总是被要求要穿得更有淑女风范……但我也偶尔想尝试一下中性风格的衣服,所以就拜托了政近同学。"

"喔……这样啊。"

艾莉莎嘴角的微笑开始转变为充满不祥之兆的冷笑,两眼目光犀利如炬,捅穿了政近:"你和你青梅竹马的关系,真是走得很近啊。久世同学,真没想到你还有让女生穿自己衣服的兴趣。"

"不不不,真不是兴趣。"

"没错。"有希插话。

"你给我闭嘴!"

政近狠狠剐了一眼有希,让她别再说多余的话。但有希却露出了惊讶的表情:"哎呀?但是,我记得以前穿'男友衬衫'[1]的时候,你明明开心得不得了……"

"没有那种事!"

满脸无辜的有希,正在继续加大爆炸量。

店内开始一阵骚动。顺带一提,政近否定的是"他很开心"

---

1. 男友衬衫,最初为一种亚文化流行概念,原意指"女生穿男朋友的宽大衬衣",后有逐渐演化为"男友风衬衫"这一服装流行风格的趋势,此处取原意。

这后半句话,前半句穿"男友衬衫"的部分确实是事实。

有希有时会不带换洗衣物直接来久世家过夜,这个时候就会穿政近的旧衣服充当睡衣。

第一次穿的时候,有希快乐地喊着"男友衬衣——男友衬衣——",政近则在一旁无语地看着她。这件事除了两人之外无人知晓。

"nán yǒu,衬衫?"

谢天谢地,艾莉莎对亚文化还是不甚了解,她听不懂"男友衬衫"什么意思。

正当露出天使笑容的有希,准备用魔鬼的低语向她解释这个词是什么意思的时候,比想要捂住她的嘴的政近动作还要快的,是带着杀父之仇不共戴天般目光的店员小哥,他瞪着政近,一边端来了拉面:"您久等了——三碗血池地狱来咯——"

艾莉莎看着端上来的拉面,"唔!"的一声身体向后仰去。

不光是那名副其实的红黑色汤底所带来的视觉震撼,袅袅升起的蒸气更是从生理上直接刺激着鼻黏膜。

无视了正小声咳嗽的艾莉莎,此时的兄妹二人露出微笑,举起了手中的筷子。

"那么,在面糊掉之前快开动吧!"

"好!"

"说、说得是。"

三人一齐说完"我开动了！"后，政近和有希没有丝毫犹豫地享用了起来，艾莉莎则颤颤巍巍地用筷子挑起了面条。

"唔唔！太好吃了吧！"

"啊，当真不负盛名！"

一口下肚，兄妹二人面露满足微笑。好，那让我看看艾莉莎什么情况，这么想着的政近偷偷往旁边瞄了一眼——

"……"

只见艾莉莎全身僵直，双目圆瞪，嘴里一刻不停地机械咀嚼着。放在桌上的左手，正以异乎寻常的强烈力道握紧拳头，微微颤抖。

"艾莉，你还好吗？"

"唔，嗯，美味……啊。"

吞下了嘴中的食物，艾莉莎终于重新眨了眨眼睛，恢复到平静的表情。

都到了这个地步她还能逞强，看傻了的政近心中不免升起一股敬佩之情，他递出了一张餐巾纸。

"最好吃一口就用纸巾擦擦嘴唇，不然嘴唇会被辣肿的。"

"谢谢。"

见艾莉莎听话乖乖擦嘴，政近回过头来重新吃起了拉面。

每吃一口，辣椒的辣味就会在口腔中整个炸开。

足以辣到人浑身冒汗。但是，在这种辣味中被勾起的食材鲜美，也会让人欲罢不能。

更多！还想要更多地窥探这片赤海深渊！（以上是个人感想。）

"太，太好吃了。"

发出满足叹息的政近，突然听到耳边传来——

【好痛哦。】

如此可怜巴巴的话语。他扭头一看，见艾莉莎已经彻底停下了手中的筷子。

虽然还是那副平静的样子，但看来是再也吃不动了。

而此时的她也注意到了政近的视线，艾莉莎仿佛被驱动着一般，又开始朝碗内伸出了筷子。

"行了，艾莉。真的不用勉强自己的？"

"什么？我不是都说了'美味'吗？"

你不是都说了"好痛"吗？虽然是俄语。

"不是……那个，唔。这样啊。"

即便担心到底是不是真的没事，他也明白此时任何试图阻拦艾莉莎的行为都不过是无用功罢了。于是，他不再言语。

喝了一口水，稍作歇息，他再度朝着碗里的赤海深渊发起挑战，伸出了筷子——

【已经不行了……】

完全无法专心！！！

旁边传来的声音何等的楚楚可怜，引人哀泣。

但即便如此，政近还是努力地吃面，试图心无杂念。然而——

【妈妈……】

当艾莉莎终于开始向眼前母亲的幻象求助时，政近知道她真的撑不住了。

（唉，到此为止吧。瞳孔都放大了。）

说来也惊人，都到了这种地步，艾莉莎还是维持住了表面的冷静。只不过——印堂发黑，面露死相。

不能再放任下去了。原本还想着等对方自己投降，但现在看来是做不到了。该喊停了。

"艾——"

但就在政近要出言干涉之时，却被另一边来自有希的声音抢占了先机："艾莉同学，还可以吧？"

是和自己争夺下届学生会会长宝座的劲敌。听到她的声音，艾莉莎已经涣散的目光逐渐重新汇集。

要和有希抗争到底的昂扬战意，此刻让艾莉莎取回了斗志，甚至还能在嘴角挤出一丝笑容。

"嗯，很好吃哦。"

"那可真是太好了。没想到艾莉同学也这么爱吃辣呀！"

面对脸上浮出骇人的壮烈笑容的艾莉莎，有希也面露天真无邪的微笑予以回应。而伴随着这份天真无邪一起到来的是，朝艾莉莎递出的小瓶子。

"这家店看起来还能用这个被称作'鬼之泪'的东西追加辣度。不介意的话,艾莉同学也请试试看?"

有希居然还在乘胜追击。艾莉莎的嘴角开始抽动。

顺带一提,这个被称作"鬼之泪"的调味料,全名是"鬼之眼都要流泪"。正如其名,是这家店自制的能辣哭鬼的一种调味料。

(快住手!艾莉的血槽已经清零了啊!)

内心高呼着的政近,此刻也意识到了一件事。

(原来如此。因为是俄语,所以有希听不懂艾莉的哭诉,才会完全没察觉到吧!)

既然这样,那我就去她耳边悄悄告诉她……原本这么打算着的政近看向有希的方向,随即发现了真相。

乍一看面带天真无邪笑容的有希,她的目光深处,此时正潜藏着因施虐而兴奋闪烁的血光。

(这家伙,老早就察觉到了?!)

被吓到的政近,眼睁睁看着从自己身边伸出的纤纤玉手,握住了有希递出的小瓶。

"只要几滴,就会变得更好吃哦?"

"不不不不,艾莉?!我认真的,快住手啊!"

全然不顾政近的劝阻,艾莉莎打开小瓶的盖子,用小勺子

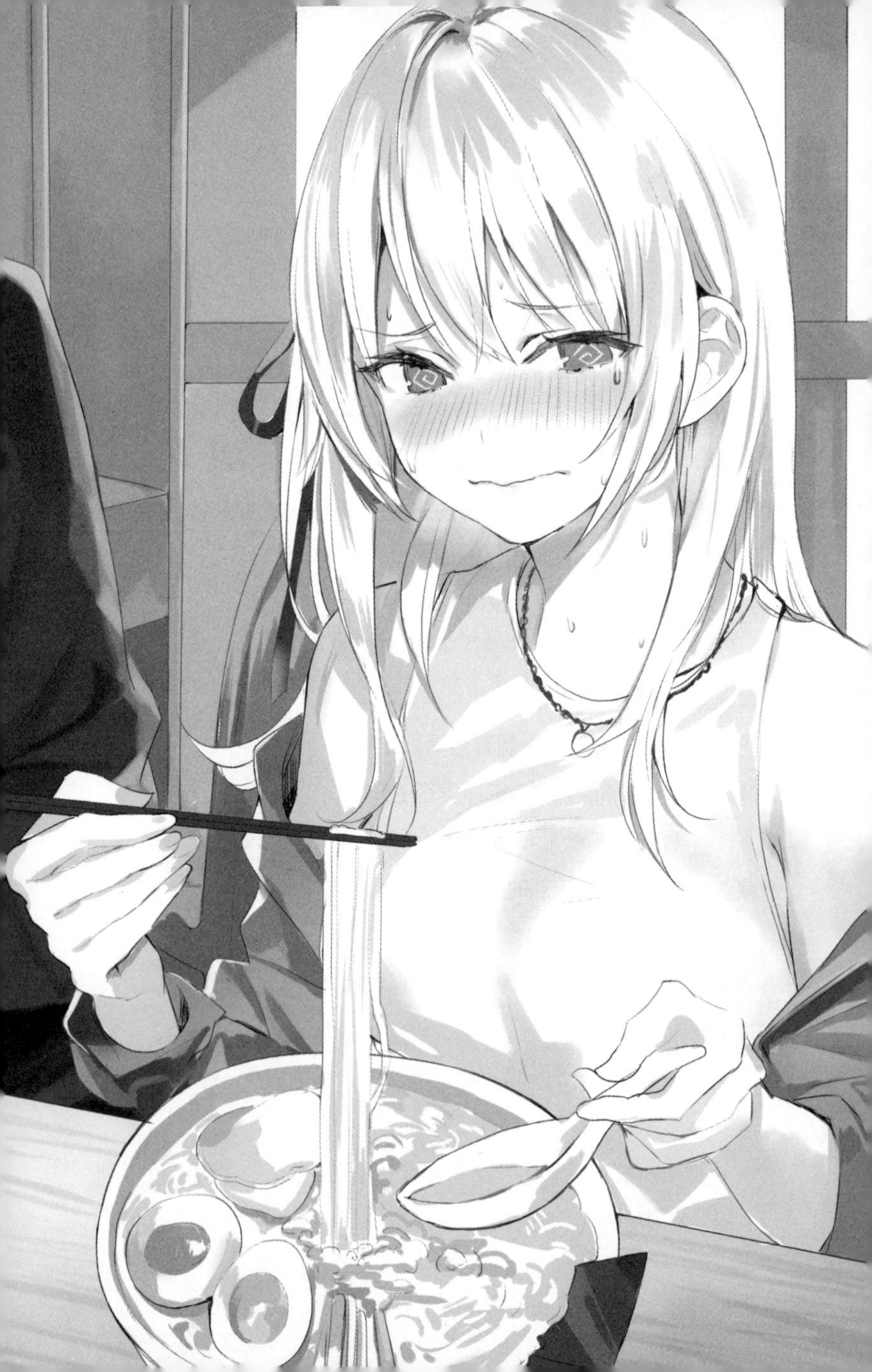

舀了其中的鲜红液体，在拉面上点了一点。然后——

"？！"

几秒后，店内回荡着艾莉莎的无声惨叫。

第七章
那可真是，人间惨剧啊

"艾莉，没事吧？"
"……"

拉面店附近的公园里，政近颤颤巍巍地向瘫坐在长椅上的艾莉莎搭话。

但是，毫无回应。

大概是因为虚张声势用尽了体力，现在只剩一具空壳了吧。

仿佛耽于沉思的学者一样，艾莉莎手肘撑着膝盖，双手交叉抵在额前，就这么沉默着。见状，政近不知所措地挠了挠头。

好在艾莉莎终于慢慢抬起了头，双目无神看了圈周围。

"有希呢？"

"哦，她说她有要买的东西，所以先走一步。一会儿再来和我们汇合。"

"这样啊。"

要买的东西……虽然这么说，但不过是有希想要隐瞒住自己去 Animado 大肆购物的事情。即便是同一个学生会的朋友，但果然现阶段还是尽量避免暴露自己的宅女本性为好。

"没事吧？"

"你指什么？"

"还问我什么，当然是……"

看来即便精疲力尽，她也不打算承认自己在吃辣比赛中落败的事情。但实际上也不能说她真输了，毕竟她靠着毅力吃完了那碗拉面……不对，说到底也没人跟她比赛啊！

"那什么……吃冰激凌吗？"

"吃。"

环顾四周发现了一辆冰激凌车，政近试探性地问了问艾莉莎，没想到艾莉莎居然坦率地直接点头同意了。于是，两人一起去买了冰激凌回到长椅。不过——

"……"

政近一边舔着自己的巧克力碎片冰激凌，一边看向身旁艾莉莎手捧着的冰激凌。

和他的甜筒不同，艾莉莎买的冰激凌是杯装的。那里面包含了，香草、巧克力、芝士蛋糕和曲奇奶油四种口味。

全部都是清一色的甜味。抹茶？薄荷巧克力？冰激凌要什么苦味或清凉味！不，甚至连甜筒都不需要！唯一的选项只有纯粹的甜味！

甚至店员都有点被吓到了。

"那个……这是因为吃了辣的东西，对吧？"

"是的。"

注意到政近那惊呆了的目光，艾莉莎有些害羞般避开了视线回答。政近则点点头，心里想着："不，就算那样也有点夸张了。"

虽然不知道为什么，但艾莉莎似乎有在隐藏自己是甜食爱好者这件事。

难不成是在担心和自己的形象不符什么的？

（不过当她念叨着"大脑需要糖分正如身体需要活力"，还抬手一口气灌下整瓶红豆汤的时候，事到如今压根就没有再隐藏的必要了吧。）

但是，既然是本人在试图隐藏的事情，也就没有特意挑明的必要。哪怕再一目了然，只要当事人还有这种意愿，就应该给予相应的尊重。

（真是的，好别扭的性格。）

总是又爱逞强又好面子。

始终一个人努力着，一心一意朝着成为理想中的自己而不断进取。对政近而言，这样的身影是如此耀眼，同时也带有某种让人能够微笑的感觉。

见艾莉莎一人独自奋斗，就想助她一臂之力。想伸出援手让她的努力得偿所愿。

而这究竟是基于某种不自量力的保护欲呢？还是为了与曾经的父亲和解，而自我安慰的代偿行为呢？这些连政近本人都不清楚。

（无论是哪边，都不是什么靠谱的动机。）

如此自嘲时，政近突然好奇起了一件事。

"我说，艾莉。"

"怎么？"

"对艾莉来说，为什么想当学生会长呢？"

"因为想当，所以想当。朝着更高的目标努力，这还需要理由吗？"

过于直截了当的回复，让政近对艾莉莎的回答一时间难判真假。

但是，政近也知道这是艾莉莎的真心话。

大概是出于连自己都不清楚的理由吧。但无论如何，她就是想跑下去。

既然有着更高的目标，就死咬着绝不松口。艾莉莎·米哈伊罗夫纳·九条，她就是这样的人。

（哎，好厉害啊。真让我羡慕。）

他由衷地认为。能为了追逐自己的理想，而不断努力进取的人，何其美丽。

不依赖他人，仅凭一己之力坚持奔跑下去的身姿，又是何其高尚而又尊贵。

政近在艾莉莎身上见到了只有在秉持骄傲、全力以赴生存着的人们身上，才会绽放出的灵魂之光。

至于有希和统也，他们也同样怀着这份光芒。但是，艾莉莎身上的光芒要更加强烈，这才会让人有些担心。

"你想参选的是会长……那副会长的人选确定了吗？"

听到政近这么问，一瞬间艾莉莎的瞳孔动摇了……但她随即就意识到自己的失态，正面转了回来，用凛然的表情回答道："没有。但没有问题。我不需要副会长。"

"不是，说是不需要……但是竞选制度规定了需要和另一个人搭档，不要也不行吧？"

"有个挂名的副会长不就行了？我会找个愿意配合我的合适人选的。"

听她这么说，政近感受到强烈的寂寞感。就是这样，就是因为这样，这样无可救药的艾莉莎，才让人担心。

对谁都不抱有依赖，对谁都不抱有期待。不需要来自他人的认可或褒奖，只是为了得到自己理想的结果拼尽全力。

不，或许正是因为明白这全都是自己的自我满足，才不愿意依靠别人的吧。

对于这样的艾莉莎，政近无论如何都无法袖手旁观。

正是因为知道一个人的力量终归是有极限的。正是因为知道努力得不到回报后,那种悲伤、痛苦与空虚。

(所谓努力……就是应该有所回报才对。真正努力的人们,就应该得到期许中的结果。)

抱有如此想法的政近,才至今为止多次向艾莉莎伸出援手。

把她身旁的人卷进来,想办法让艾莉莎与周围的人合作。或是自己率先用艾莉莎的昵称"艾莉"称呼她,希望能缓和那"生人勿近"的强烈气场。

但现在看来,应该都是无用功了。

"原来如此。"

"……"

艾莉莎没有回话。完全看不出称得上是情绪的情绪,她默默把冰激凌往嘴里送。

或许是自我意识过剩,政近似乎能从这股沉默中感受到某种无声的请求。昨天二人分别之际,艾莉莎想说的话究竟是……

此时,吃完冰激凌的艾莉莎,仿佛是为了验证政近的猜想那般,轻轻呢喃了一句:

【想和你一起……】

大概即便是用俄语也不敢说下去了,艾莉莎就此打住。但是,对政近而言,这已经太过足够。

(但是,我的话……)

自己根本没有艾莉莎、有希或者统也身上闪烁着的那种灵魂之光。

无论是那种按照自己的意志决定目标的主体性也好，还是朝着这个目标不断努力的激情，我都一无所有。

目标总是由他人决定。激情也总是取决于他人。

即便是曾经最闪耀着的他，这一点也从未改变。

"要成长为与周防家继承者相配的人"这个目标是由母亲和祖父给予的。

而朝着这个目标前进的激情，则是来自母亲和那个孩子。同样并非自己的决断。

只是想要得到母亲的认可，想要得到那个孩子的夸奖。

不过是用着他人给予的燃料，行驶在由他人铺就的铁轨之上。

而在两者尽失的当下，我无处可去，只得驻足原地。

（我不适合。）

政近很庆幸刚才艾莉莎的话是用俄语说出来的。如果是日语的话……想必政近只能以卑怯的沉默相对吧。

这时，艾莉莎像是想要调节气氛一般开口道："久世同学，你之后还有安排吗？"

"嗯？不，没什么特别想做的。"

"有希同学呢？"

"呃……哎，晚点找个合适的地方再汇合就行。"

"这样的话,陪我办点事如何。"

"办事……你不是说要去买衣服吗?"

"对啊?"

"不是,你怎么还说'对啊'?让男生陪女生一起选衣服,我想这可是相当好的关系才会触发的事件哦?"

"是这样吗?"

她小脑袋疑惑地一歪,政近猛然间察觉到了。

(原来如此……艾莉莎根本没有一起陪她逛街买衣服的同伴,所以完全不懂其中的微妙之处……吧!)

艾莉莎的悲惨遭遇让政近不禁眼含热泪,他紧咬牙关,露出了慈爱的微笑:"不……没有那回事。我们走吧!"

突然间变得通情达理的政近让艾莉莎柳眉微蹙:"你干吗?突然间又……"

"没事啊,因为我们是朋友,对吧。"

"但我总觉得有点莫名其妙?"

"别在意啦。"

安抚着艾莉莎狐疑的情绪,两人回到了吃饭前所在的商业中心。

但是,在前往服装店聚集的楼层的路上——

艾莉莎却因为政近的突然温柔开始胡思乱想,思绪朝着错误的方向一路狂奔。

（难不成……他觉得我一定选不上学生会长？所以可怜我？唔，竟敢瞧不起我！）

对政近这种仿佛是大人安慰小孩的举动，气得艾莉莎心中暗自咬牙切齿。

一直以来，她都不是很受得了政近这种高高在上的保护姿态。但是，如果她现在正面找他对峙，那才真的是小孩子行为。

（我想想……我想想，能报一箭之仇的办法。真想一把撕开他游刃有余的外皮！）

咕唔唔唔，她一边在心里嘀咕，一边在脑海里盘算着……突然，艾莉莎想起了前天早上发生的事情。

（这样的话，就让我用全力的时装秀来让你脸红心跳吧！）

就这样，朝着错误方向一路狂奔的艾莉莎，最后抱着一份出人意料的决心，走入了一家人气服装店，在店里选了各种衣服进入了试衣间。

"那么，这些衣服我先试试看。就麻烦你给意见了哦。"

"得令。"

她让政近等在试衣间前，拉上门帘后暗自沉思。

（就先……试试这件吧。）

从拿进来的衣服中，艾莉莎首先挑选了一件夏日风的纯白连衣裙。

（这件准没错。玛夏也说过这种衣服男孩子肯定喜欢。）

明明怀抱着勇敢挑战的决心,结果却选择了一条相对保守的道路。艾莉莎本人对此毫无自觉,还根据来自她那位满脑子少女漫画的姐姐所提供的不知是否可靠的情报选择起了衣服。

然而,就在她伸手准备解开上衣扣子的时候……动作却突然停住了。

(等等?这个距离,外面是不是能听到我换衣服发出的动静?)

此时自己和外面的政近不过间隔了薄薄的一层门帘。更何况,门帘下还有一点间隙。而一旦意识到了这点,艾莉莎的羞耻心陡然间开始翻江倒海了起来。

"久世同学!你稍微走远点!"

她忍不住朝帘子那边喊了一声,随即听到一声懒洋洋的"哦——",然后便是鞋子逐渐远去的声音。

终于稍微能松口气了……但那脚步声是不是过于清晰了?艾莉莎又焦虑起来。

(哎?听得到脚步声的距离……也就是同样能听到换衣服的摩擦声吧?)

突然间意识到自己是在做一件多么令人害羞的事情,艾莉莎完全无法冷静下来。刚才政近所说的什么"让男生陪女生一起选衣服,可是相当好的关系才会有的事",她现在终于后知后觉地咂摸出了其中的真意。

(呜呜呜,没事的。店里也在放音乐……听不到里面的声音吧……大概。)

简直害羞到想要逃走,但最终她的自尊心还是阻止了她这么做。

好不容易压制下了羞耻心,她下定决心开始脱衣服。

不去在意外面的少年,就这么安静且迅速地换完衣服。尔后,即便知道这毫无意义,艾莉莎还是竖起耳朵,仔细听了听外头的动静。

(听起来……没问题。)

很安静,无事发生。艾莉莎说服了自己,放心地走向镜子前。

然而,她所不知道的是,那位被担心有在偷听的当事人,其实此刻正承受着周围大姐姐们的温情目光,"哎呀,是学生小情侣?在这里等女朋友的样子。很可爱嘛——"。政近露出放空的神情,在心里叨叨着"这不过是恋爱喜剧里的常见桥段……",试图逃避现实。

压根就没工夫去注意艾莉莎衣物的摩擦声。艾莉莎的担心无非是杞人忧天。

不过,对于艾莉莎来说,政近比起正在换衣服的自己,更在乎来自周围其他人的目光,这一点上她或许也会有点不爽吧。

(嗯,很适合。不愧是我。)

在镜子前摆弄姿势的艾莉莎,满意地自夸。但是,就当她确信胜利(虽然不知道是什么时候开始的较量)已经唾手可得,正准备拉开门帘之时,一股不安莫名涌上心头。

如果他完全没反应的话怎么办?如果他只是划着手机,"哦哦——不错呢?"这样给出敷衍的回答的话怎么办?那样自己说不定会"哇"的一下子哭出来。光是想象,心脏都不免一阵收缩。

(呼,呼!如果那样的话,我就要狠狠甩他一个巴掌!)

但是,艾莉莎很快用昂扬的斗志压制住了这样软弱的自己,趁着这股势头猛地拉开门帘。

"怎么样?"

艾莉莎一手叉腰,仅用一只脚支撑体重,摆出了类似模特的姿势,并用挑衅的眼神看着政近。

傲视群雄的身材搭配上美貌,见者无不发出惊叹。

不经意间看向这里的女性们,也集体出声感叹。自然,政近也不例外。

(这是只要是个男人就绝对会受不了的类型!)

他在心中激动地大吼大叫,甚至朝幻想出来的桌面上狠砸了一拳。

看来,这次玛夏给出的情报当真是正中靶心。

但是,如果做出太过夸张的反应,想必就会落了艾莉莎的下怀。这种时候,先露出害羞一面的人,就会成为失败者。政近深知这一点。

所以!越是这个时候,就越是要主动出击!

"啊，很适合你。艾莉的白皙肌肤与纯白的连衣裙相得益彰。突出了女生的清纯魅力，从气质来看，甚至可以说是要比平时还要可爱呢。"

"唔，哎？哦，好的……"

政近突如其来的反攻让艾莉莎有些不知所措。他当面的这些认真夸赞，总觉得让人心脏怦怦直跳，难以平复。

"那么，下一件是……"

支支吾吾地扔下几句话，艾莉莎逃也似的拉上了门帘。

门帘阻断了两人之间的视线……然后，分隔内外两侧的艾莉莎与政近同时抱头蹲下。

（哎？哎？什么？哎？怎么感觉被大夸特夸了！）

（好尴尬！尴尬到脚趾扣地！真亏我没笑出声就说完了！真的不妙啊，当面说出真心话什么的，这也太太太太尴尬了！这家伙，究竟平时是怎么干出那些事情的。虽说用俄语一般人也听不懂就是了。）

已经没工夫抵御周围大姐姐们视线的调笑，政近双手抱头只觉害羞难耐。而仅一帘之隔的艾莉莎，此刻也正两手捧着自己的脸，竭力抑制住内心的羞耻。

（哎？不是，哎？说，说，说我可爱什么的……可爱，天呐，他夸我可爱！真是的！真是的！）

但即便如此也难以缓解，艾莉莎不由得用手拍起了地板，

184

然后又因为发出了比想象中还要大的声音而慌忙停下。

在毫无意义的清嗓子行为之后,她重新站到了镜子面前,看着对面自己那笑得合不拢嘴的表情,她忍不住把头"咚"的一声抵在了镜子前。

轻轻用额头在镜子上揉搓着,借由一点痛感与来自镜子冰冷的触觉,她终于强制把自己的精神平静了下来。

(呼……没事的。仔细想想,这不过是对一件理所当然的事情说出了理所当然的看法罢了。没错,我只是没想到政近这么会夸女孩子。稍感佩服。)

就当艾莉莎用某种迷之高傲为此事定下判断后,正把一袭长发轻轻拨散到身后的她,脑海中突然跳进了一个词,"熟练"。

(熟练?什么事这么熟练?)

无须多问。那肯定是政近夸赞女孩子的本事。但问题就在于,是谁让他变得这么熟练的?想到这儿,一个呼之欲出的答案展现在了艾莉莎眼前。

(是有希同学……吗?)

头脑霎时间变得清醒。数小时前,两人在各式橱窗前有说有笑的身影浮现在了脑海中,艾莉莎只觉得胸口处一阵的烦闷。

"……"

慢慢起身离开镜子,艾莉莎望向了拿进来的那些衣服,然后,从中慢慢拿起了牛仔裤和衬衫,重新换起了衣服。

185

这身搭配，尤其是那件印有英文字母的黑色T恤，是颇具男性风格的选择。总有种刻意模仿什么的意味，但也有可能只是错觉。

艾莉莎自己说自己没有别的意思，那就是没有。

"这件呢，如何？"

我可没做心虚的事哦？像是要这么暗示一般，艾莉莎用自信满满的表情拉开了门帘。

不过，果然政近也没迟钝到看了这身打扮还毫无察觉。好在他也识趣地没有指出这一点，或者说他本人的求生欲比较强，不至于不知死活。

"这套感觉很飒爽、帅气啊。比起可爱型，艾莉你果然还是更偏向成熟大人的魅力型，所以我觉得超级适合哦，而且牛仔裤也要比裙子要更显身材。"

"唔，嗯。这样吗？谢谢。"

第二次被夸奖了。这下艾莉莎不再纠结，坦然接受了称赞。也没再试图隐藏自己暗爽的笑意，露出罕见的笑容开口表示了感谢。

"那么，我换下一件啦。"

"好——哦。"

至此，艾莉莎已经彻底忘记了自己想要让政近脸红心跳的最初目的，纯粹开始享受起了时装秀的乐趣。

衣服一件接着一件，艾莉莎甚至还开始先在镜子前决定摆什么姿势，再展示给政近看。对此，政近则是活用了他从二次元中学来的各种夸赞女生的必杀技，把艾莉莎夸上了天。

逐渐地，政近的羞耻心开始变得麻痹，另一边的艾莉莎倒是兴致越来越高。正如政近所想，艾莉莎平日里根本没有一起买衣服的好友，偶尔结伴出行的对象也只是姐姐，但那人估计无论艾莉莎穿什么，都一概夸出"小艾莉超可爱——"如此的话。像这样被人夸到具体细节，对艾莉莎想必是头一回。

（下一件——哼哼♪下、一、件，就选♪）

满面春风的艾莉莎，一边选衣服一边在心里哼起了歌。

有希在场的话，肯定会说评价一句"真好懂"，奈何她本人对此毫无自觉。

然后，在喜悦驱使下，艾莉莎最终把手伸向了那套衣服。那套开始时被她本人认定"虽然大概率不会穿，但以防万一还是先拿进来"的衣服。

（会不会有点太大胆了……呢？但如果是久世同学的话，一定只会夸夸我的！）

这套衣服由露肩的吊带衫和迷你裙组成。平心而论露出度确实有些高了，特别是迷你裙，原本就双腿修长的艾莉莎穿上，简直让人想评价"嗯？膝盖以上的距离？不如直接测量裆部到裙摆的距离更方便吧？"。

这是平日的艾莉莎绝对不会穿的衣服，是即便穿了也绝对不会展示给异性看的衣服。可是今天，在政近不断的夸赞中，飘飘然地艾莉莎逐渐迷失了自我，无视仅存理性所发出的警告，拉开了门帘。

没错，已经彻底忘乎所以的她，压根没注意门帘外的人数此时已增加到两位。

"这件，怎么样？"

她将上半身向前送，右手食指轻轻搭在脸颊上，同时"啪"的一声送出个迷人秋波……的时候，艾莉莎看到了站在政近旁边的有希。

二人视线交错的瞬间，保持着单眼紧闭的表情，艾莉莎整个人就这么僵立在了原地。

而另一边，手中拎满了大大小小动漫周边纸袋的有希，看到这副模样的艾莉莎，迅速眨了眨眼睛，然后发出惊呼——

"呜哇，艾莉同学好大胆耶。"

"的确。"

有希面色如常地吹了声口哨，而政近则挂着无法言喻的表情扭头把视线转向别处。

看到面前的二人，艾莉莎刹那间冷静了下来。

再然后就是气血上涌，小脸涨得通红。

"我想也是。"

面颊绯红，脸颊抽动的艾莉莎，快速紧闭门帘，安静地蹲到了地上。

【好想消失。】

站到镜子前的艾莉莎，再次确认了自己此刻的装束后，声若蚊蝇地呢喃着。

"艾莉同学，她在说什么？"

"好想消失，之类的话。"

"呵呵，真是个纯真的宝宝。"

"你小子谁啊。"

只不过，就连这句呢喃都被兄妹俩听到了。

在这之后，不再胡闹的艾莉莎买下了其中的两件衣服，和政近与有希一同早早地踏上归途。

直到上了电车，艾莉莎还是没能完全平复心情。而为了体谅此时的她，政近和有希也识趣地没再说话，低头玩着手机。

"那下周一见了，艾莉。"

"今天玩得很开心。有空再一起玩吧？"

"嗯，再见。"

最后，政近和有希先下了车。目送他们远去后的艾莉莎，整个人一下子瘫软在了电车的座位上。

【不敢想象……】

一想到刚才自己展现出的模样，就有种想浑身扭动的冲动。

【那种，那种级别的超短裙……绝对会被认为是不检点的女人吧……】

把头埋进放在膝盖上的纸袋里，暂时被羞耻和后悔缠身的艾莉莎正备受煎熬……随即，她突然意识到了一件不对劲的事。

"嗯？"

没错，事情有点不对劲。为什么，那两人会在同一站下车？

政近和有希两人的家，从车站来看应该间隔有三站才对。常理来说，是不可能在同一站下车的。

"嗯？嗯？"

这么说来，可能性只剩一个了——这两人，没准备直接回家去。不对，应该说是准备一起回哪一方的家里去……

"嗯？"

事实上，她的猜想完全正确。因为有希不能把动漫周边带回周防家宅，所以准备去久世家里享受战利品。

当然，艾莉莎自然无从得知此中真相。

"果然，那两人……"

翻滚着的疑虑在胸中涌动，但艾莉莎还是设法克制自己。

（不不。或许，是因为还有其他想去的店吧？）

就当她快要说服自己的时候……不经意间又回想起的那个词语，驱使着艾莉莎打开手机。

（我记得……大概是这个发音，nán yǒu 衬衫？）

艾莉莎依照记忆搜索着关键字，但跳出的图片让她睁大了双眼。

"什——"

突然发出的惊呼吸引来了周围的视线，但此时的艾莉莎早已无暇顾及。

那是一张看上去像是从某本少女漫画中截取下来的一页图片。

一对男女在床上相对而坐，身着宽松衬衫的女性正害羞地微笑着，而另一方的男性……上身赤裸。

（什什什什，什么情况？！）

刚刚还设法克制的疑虑，此时如泄洪般喷涌而出。

（嗯？嗯嗯？嗯嗯嗯——）

这种充斥着暧昧氛围的图片，令艾莉莎瞠目结舌。她自动把图中的男女在脑中代入政近和有希，随即慌慌张张地试图打消这个念头。

（到底什么情况啊——）

独自一人被留在电车中的艾莉莎，因为找不到答案而闷闷不乐。

第八章
好吧，我明白了

"哎……这家伙，是不是越来越肆无忌惮了？"

放学后，政近看着有希发来的消息，自言自语道。

说什么虽然有出门采购日用品的学生会工作，但因为有突发情况去不了了，所以拜托政近帮忙顶一下班。

"哥哥，求求你了嘛！"

"……"

作为结尾的这条信息，带着几乎让人有点恼火的、过于做作的奉承语气。虽然有些心怀愤懑，但不知为何很快就又泄了气。

"行了，我会去的。但去归去……"

政近一边自己嘀咕着，一边给对方发去"收到"的回复。

"好耶，最喜欢哥哥了——"

"好啦好啦。"

紧随而来的便是爱心满天飞的表情包。政近面露苦笑，收起手机走向了学生会室。

第八章·好吧，我明白了

不论如何，政近还是很疼妹妹的。而且是那种从世俗的角度看，会让人大呼"妹控"的级别。

"打扰了。"敲了敲门，政近走进房间中，看到里面正有两人在等着他。

"喔，久世。抱歉啊，又要麻烦你帮忙了。"

"没事，我就是来代一下有希的班。"

一位便是学生会会长，剑崎统也。而另一人则是……

"哎呀，这位是久世同学吗？我是玛利亚·米哈伊罗夫纳·九条。是艾莉的姐姐，也是这里的学生会书记。请多指教——"

"啊，你好。一直以来受艾莉照顾了。"

玛利亚带着软绵绵的笑容亲切打着招呼，心里想着"姐妹俩果然给人的感觉完全不同啊"的政近，简单地回以问候。

"今天听说是要和九条前辈一起出门采购……"

"直接叫我玛夏就行了，既然是艾莉的朋友，对我来说也是朋友哦——"

"啊，好……"莞尔一笑走近政近的玛利亚，让政近不由得有些畏缩，"阳，阳角[1]力也太强了吧。"

"无论是玛夏前辈还是玛夏同学都可以哦——"

"那……那就玛夏同学吧。"

不知为何有些害羞的政近移开了视线。而玛利亚则向前一

---
1. 阳角，指那些性格开朗的人。与之对应的是"阴角"，指那些相对性格内向的人。

步，握住政近的右手轻轻上下摇动，并说道："嗯嗯，那多多指教啦……"

如果是偶像，想必这配以盈盈一笑的握手，能轻易俘获一大批男生的芳心吧。但是，这表情在玛利亚抬头近距离看向政近的时候，却陡然发生了变化。

那双总是温柔细眯的微垂双眼，此时猛然睁大。笑意退去，取而代之的是十分的严肃。

"怎、怎么了？"

玛利亚的骤变态度让政近下意识想后退几步，谁知此时的右手正被紧紧抓住，最多只退了一步。

"久世同学……你的名字是？"

"哎？是政近……政治的政，靠近的近。"

"政……近……"

玛利亚用严肃到恐怖的表情，死死盯着政近的脸，仿佛要把他看穿。

几乎称得上是初次见面的美女学姐，此时正一动不动地握着自己的两手。对政近而言，这场景已经称不上脸红心跳，反而开始变得有些不安了起来。

"怎么了？九条姐姐。久世身后缠了什么东西吗？"

"会长，这个时候该说的是'脸上沾了什么东西吗'才对吧。"

"哦哦，不愧是久世。"

统也突然出手相助，政近赶紧借机下台。这句恰到好处的吐槽，让统也也悄悄竖起了大拇指。

突然上演的对口相声，让玛利亚回过神来，她眨了眨眼，随即取回了平日里那软绵绵的笑容。

"哎呀，不好意思。想着'这人就是艾莉的朋友呀——'，不自觉就……"

"啪"的一声把手放下，她点着自己的脸，微微歪了歪脑袋。然后，似乎是想要重新打起精神那样，合掌一拍，说道：

【好，那我们出发吧。】

突如其来的俄语，让政近眨了眨眼。他当然明白什么意思，但既然在她妹妹面前已经装作自己听不懂俄语，那此时也没理由点头回应。

"不好意思，你说什么？"政近摆出一副故作不知的表情反问道。瞬息间，玛利亚微睁双目，但随即又挂回了笑容："抱歉，我说的是'那我们出发吧'。"

"哦哦，好。"

"那会长，我们先走一步。"

"嗯，拜托了。"

"先告辞了。"

"久世也是，麻烦了。"

"好的。"

和统也道别后,两人走出了学生会室。

"话说这趟是去采购日常用品吗?我只从有希那边听了个大概。"

"没错,是去买一些学生会日常的消耗品……"

"哦……这种东西初中部的时候是统一外包的,没想到高中部居然不太一样。"

"一些小的消耗品是这样的哦——不过,既然是我们自己使用学生会室,就会想着稍微买点体现自己特色的东西?那些东西的话,不亲眼去看可是选不出来的呢。特别是红茶,要实地闻闻气味才能决定。"

"哦哦,原来如此……但这样的话,我愈发觉得自己作为局外人参与进来是不是不太好了?"

"说的也是……那久世同学,你干脆也加入学生会不就好了?"

"不了,我没什么兴趣。"

"这样?真——可惜。"

看起来真的对此感到可惜的玛利亚耸了耸肩,政近则回以苦笑。

"好,那拎重物就交给我来负责吧!"

"嗯,拜托啦——"

既然是局外人,就别贸然发表意见,专心负责拎东西这种工作就好……虽然是这么想的，但事实证明这个想法还是太过天真了。

"这精油味道好好……总之先把全部种类都试——"

"不！学生会里用精油很不妙吧。那种东西请用在自己房间里！"

"天呐——这个猫咪玩偶，简直和艾莉一模一样！啊，有了。不如就按学生会里每个人的形象买一排玩偶摆起来吧？"

"这是什么地方的梦幻国度吗！其他女性成员也就算了，会长的话绝对会忍不下去的！"

"会长的话，这只戴眼镜的狮子很像呢——"

"不是，都说了……等等，真的好像啊！"

"那就买这个——"

"不不不，虽然真的很像！但都说了，一般来讲学生会室里不能摆玩偶的吧！"

"哎——"

"不，这个时候该说'哎——'的人是我才对吧！"

"唔……知道了啦。但这只猫咪玩偶真的太可爱了，我要买下来自用。"

"呃，但这样开在一张发票上很不妙吧！会被艾莉会计骂的！"

在玛利亚毫不犹豫走入精品店的时候，政近就隐约感觉大事不好，但事实证明，玛利亚的自由随性还要远超他的想象。

左看看右摸摸，她非常认真地打量那些明显绝对和学生会室不相干的各种东西。在拎东西之前，为了能让玛利亚重回正轨，他就已经拼尽全力。

（我不行了，这人太过自由了。平常也都是这个状态吗？如果真是这样，那可就苦了艾莉啊！）

好不容易劝住了玛利亚，只买下了满足最低日常所需的东西。在两人走向红茶屋的路上，政近已经精疲力竭。但即便如此，他还是履行了自己承诺的拎包职责。

默默走着的政近，此时低头看了眼抱着玩偶走在路上的玛利亚。

一般来说，小学低年级的学生也就算了，如果是高中生抱着玩偶走在街上，那多少会显得奇怪。但不可思议的是，玛利亚居然丝毫没有违和感。

（唔，嗯……总有种"喂，猫老弟，跟你换个位置如何？"的感觉。）

看着在布偶脑后被压到变形的胸口，政近忍不住这么想……但突然他脑内浮现出艾莉莎那看垃圾一样的眼神，不由得浑身一震。

（不行……如此雄伟之盛景出现在眼前，是个男生都会忍不住看的吧？这就是男生悲哀的本性。[1]

政近不知为何开始用方言开始为自己辩解，并向脑海中的艾莉莎谢罪。

"久世同学，来这边——"

"是！对不起！"

"怎么突然道歉？"

"不是，那什么，唉，当我没说……"

政近缩起脖子，而玛利亚则念叨着"嗯嗯？"诧异地歪过脑袋，但还是走入了店中。

"那个，玛夏同学。不如还是先让我拿着吧。"

"啊，谢谢——那艾莉喵就麻烦你啦？"

"艾、艾莉喵……"

对玛利亚惊人的取名品味，政近掩饰不住地深表震惊，但还是伸手接过了玩偶。

（虽然拿过来了，但这场景多少有点糟糕了吧。）

看到抱着玩偶的女子高中生，尚且还能苦笑一下了事，但要是换成男子高中生，那可就笑不出来了。甚至还会变成让人无法直视的案件。但是——

"哎呀——很搭哦——"

"什么品味啊！"

---
1. 此处日语原文为关西腔。

不知哪点合了她的心意，玛利亚突然笑了起来，甚至还想拿出手机拍照留念。

"来——茄子——"

"偏不！不会让你得逞的！"

"哎——又没事——"

政近举起手中的购物袋防御玛利亚的镜头。事到如今，他已经彻底放下了顾虑，能够肆无忌惮地吐槽起这位学姐了。

"行啦，你不是还要去挑红茶吗？"

"啊，对哦。店长——"

总算逃过一劫的政近，站到了店内一角，远远看着玛利亚。

玛利亚似乎是这家店的常客，只见她一边熟络地和中年店长聊着什么，一边试闻各种红茶的香气。

"久世同学，你觉得哪个好呢？"

"唔，我对红茶可是一窍不通。而且说到底我也不喝呢。"

大概是看政近站在一旁无聊，玛利亚试图来征求他的意见，但被他郑重回绝。

（如果站在这里的是有希，她一定会积极参与进去吧。）

作为周防家的大小姐，有希大概也对红茶有着很深的研究。

就在他考虑这些事情的时候，到了试饮环节，从店的深处走出一位手持托盘的女店员，托盘上放着几个小纸杯。

"嗯——好喝。机会难得，久世同学不如也尝一下？"

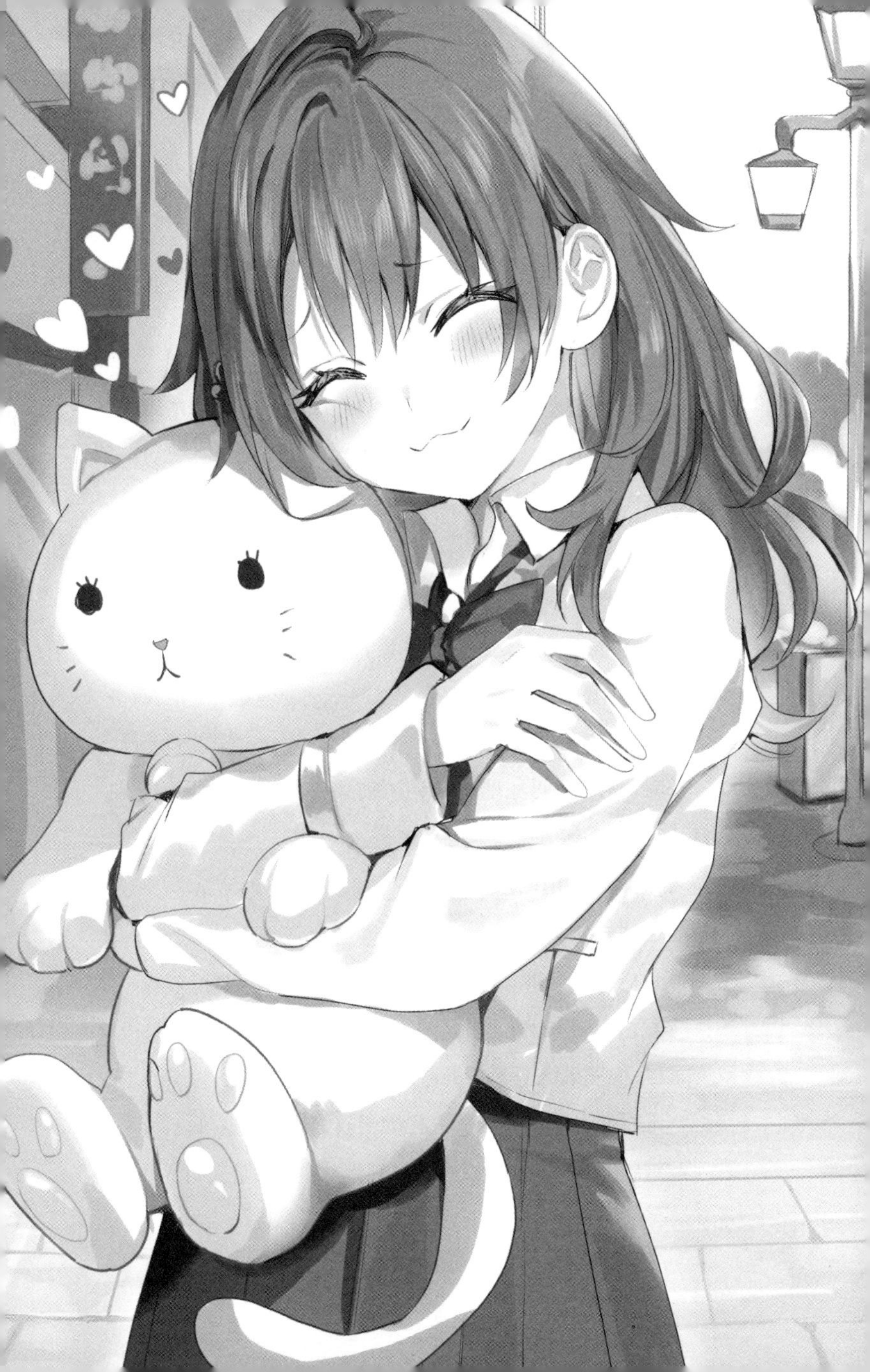

玛利亚拿起其中一个小纸杯，品尝后露出了微笑。随即招手叫政近也过来试试。但就是这番光景，却突然让政近的脑海中闪出了一个画面。

（这、这是！）

正是这种毫无防备的女生，把自己喝过的纸杯或塑料瓶随手递给自己的事件。是令众多恋爱喜剧男主角脸红心跳，以巨大的羞耻为代价，换来小小幸福的事件！

（但是，我不一样。）

这种时候，一旦感到害羞就输了，一旦在意也输了，政近对此心知肚明。没错，这种时候就该表现得干脆利落、从容不迫，要以一种优雅的方式来应对！

"那我不客气了……"

下定决心，政近原地放下手中的东西，迈着优雅的步伐（政近自己的标准）一步步走向了玛利亚——

"来，这位小哥也请用。"

"多谢——"

政近满面笑容地接过女店员递来的新纸杯。看起来从一开始就准备了两人份的啊。真是贴心又大方的一家店啊。只是，对政近而言，这些都没什么好开心的。

（唔喔喔喔喔喔——好丢脸！！！我好丢脸！！！）

政近强颜欢笑地品尝着红茶，顺带在内心大吼大叫。

第八章·好吧，我明白了

"如何？好喝吧？"

"是！真的很好喝！"

"对吧——"

"是！没错！"

不知为何突然开始用体育生的口气说话，政近此时心里乱七八糟的。在那之中，你能看到因无法区分现实与二次元的阿宅脑回路而带来的悲哀。

"哦！回来了。辛苦……等等，怎么感觉抱了个很了不得的东西回来啊。"

在学生会室里处理着文件的统也，一抬头看到玛利亚手里抱着的东西，露出了苦笑。

"很可爱吧？"

"哎，可爱是可爱……但你不会打算把它放在这里吧？"

"不能放吗？"

"不，拜托千万不要。"

"会长，这些东西该放哪儿合适？"

政近打开购物袋询问，统也则从办公桌站起身，走过来检查里面的东西。

"我看看……嗯，都是些日常用品。帮大忙了久世。要是放任九条姐姐一个人去的话，真不知道会怎么样……"

"整个学生会室会变成梦幻的国度吧。"

"原来如此。嗯,现在这样挺好的。多谢了。"

大概是从玛利亚手中抱着的玩偶中意识到了种种端倪,露出微妙表情的统也拍了拍政近的肩。

"如何,久世,要不还是加入我们学生会吧?"

"不,这还是算了……偶尔来帮帮忙倒是没问题。"

"那样的话,还是成为挂名成员比较好哦?当然,不勉强就是了。"

"喔,九条姐姐也赞成吗?"

"这,挂名什么的……不可以这么做的吧?但话说,有希的话我还能理解,为什么会长也这么想我加入进来呢?"

政近问出了自己的疑惑,但统也却露出"我才觉得奇怪呢"的表情,摸着下巴回复道:

"嗯……倒不如说,为什么久世会这么抗拒加入学生会?我觉得理由不只是'麻烦工作多'这一点吧。"

"我这人吧,其实并不适合担任学生会干部。"

没有对地位的强烈渴望,也缺乏与自己立场相伴的责任感,这样的自己,想必是不可能胜任的。政近露出苦笑,脸上也蒙上了一层阴影。见此,统也一边发出"哼?"的声音,一边扬起半边眉毛,微微歪头:"我觉得你不会不合适。毕竟你在初中部时,就以副会长的身份干出了不少成绩。"

"就是因为这段经历我才意识到自己不合适的。说到底,我之所以能成为副会长,也是有希来拜托我的……并非我主动想要争取这个地位的。"

"唔,这也没什么不好的吧?"

"哎?"

统也打心底里发出的疑惑声音,让政近猛地抬起头。只见统也正对他笑着,昂首挺胸地说道:"我啊,也只不过是想让喜欢的女生看上我,才成为学生会长的哦?和你比起来,我这个动机岂不是更加不纯!哈哈哈!"

"哎?是……是这样的吗?"

毫无一丝愧色,统也就这么堂堂正正地说了出来,对此,政近明显有些措手不及,见政近面露惊愕,统也掏出手机,从中翻出了一张照片:"看看这个。"

"这是,你弟弟?"

"是初三时候的我。"

"啊?!"

照片里的人,和如今眼前的统也判若两人。不客气地说,照片里的人不过是个无人在意的小胖哥。

乱糟糟的头发,沉重的眼镜,长满痘痘的脸。

更重要的是,他将自己宽大的身材畏缩着,那是从现在的统也身上丝毫感受不到的怯懦气息。

"两年前的我，如你所见是个典型的内向宅男。成绩也差，运动也不好。老实说，我也并不喜欢学校……但就是这样的我，却还是喜欢上了作为当时同年级的两大美女之一的女生。"

"那位是……"

"啊，是副会长，更科茅咲。"

会长和副会长在学园中几乎称得上是尽人皆知。是哪怕是对八卦没什么兴趣的政近，也都略有耳闻。

但让他没想到的是，同为学校精英阶层的两人自然而然地走在一起，结果事实却是底层草根逆袭的故事。

"我从那时起，就开始了拼命努力。甚至拿下会长宝座，也不过是我计划中的一环罢了。如何，动机很不纯吧？"

"哈哈哈……那可真是……"

见当事人都在自信满满地笑着，政近也只好赔笑。而见政近露出一副不知道说什么的苦笑，统也接着说："所以归根结底，动机这种东西怎样都好。你看那边的九条姐姐，不也是被茅咲邀请才加入学生会的吗？"

"居然是这样？"

"没错哦——不过，也有我单纯就是对学生会感兴趣的原因在啦。"

玛利亚露出软绵绵的微笑，点头表示肯定。接着她换成稍微有点严肃的表情，像是温柔劝说般开口道："对我来说吧，无论动机是什么，只要结果不错就行了。能成为学生会的一员，真正为大家办出点实事，那就足够了。"

"这样……吗？"

"不是吗？不这样的话，政治家们岂不是得个个都必须是正人君子才行了。"

"啊哈哈，这倒也没说错。"

政近此时的笑略带几分讽刺，但终归还是称得上愉快。而统也同样也点头肯定了玛利亚的观点。

"正是如此。无论动机，你也曾和周防共事，以学生会会长的身份留下了很棒的政绩。因此，完全无需对此感到羞耻或愧疚。"

这段话意外地引起了政近内心的共鸣。

长久以来，他都为那份罪恶感所困扰，无论自己做出了多少成绩，始终无法摆脱"有其他人比我更适合这个位置"这样的想法。

而自己正是从这个"其他人"手里夺过了副会长的位置，这点成为他心中挥之不去的阴影。

即便收获周围再多的赞美，如果本人不认可的话，那就都毫无意义。如若缺少了自我肯定，那多少荣光都只不过是黄粱一梦。好在如今，政近终于从统也和玛利亚的话语中，多少为那个曾经的自己寻得了一点安慰。

"为了让某人成为会长而加入学生会？完全没问题。我也好，茅咲和九条姐姐也好，大家都很欢迎。也不会允许任何人对此有异议。"

统也说完后，露出了傲睨且无所畏惧的笑容。听此，政近几欲落泪，不知究竟是为曾经的自己感到宽慰，还是因为眼前统也所散发出的，那令人心驰神往的炫目光芒。

"请让我……稍微考虑一下。"

"嗯，尽情考虑吧。所谓烦恼，可是年轻人的特权啊。"

"会长不也还是年轻人嘛——虽说看起来并不像高二生就是了！"

"哈哈哈，常有人这么说！之前甚至有人把我认成了研究生！"

看着眼前两位温柔前辈的明朗笑容，政近也逐渐展露笑颜。

（为了让某人成为会长……吗？）

政近在心中不断回味着统也的那番话，但此时脑海中自然浮现的人物却让他大吃一惊。因为那人居然不是有希……

"话说，今天艾莉不在吗？"

像是要转换思绪，政近环顾四周后出声询问。虽说话题转换得有些唐突，但统也也没在意，直截了当地回答道："啊，九条妹妹的话，去运动部那边担任纠纷仲裁了……这么说来，她还去了挺久的。"

"纠纷？那是……"

"别担心。没到动手的程度。就是——"

听起来，像是足球社和棒球社之间，因为操场的使用权而引发的矛盾。

足球社和棒球社，两个社团都要使用操场作为练习场地。

而根据历年的惯例，每年到了这个时候，由于比赛需要，棒球社使用操场的时间会更多一些。

可是，今年足球社却对此颇有微词。理由是，"足球社也有比赛要踢，所以要求对方让出操场的使用权"。

"棒球社主张这是历年的惯例；而足球社则主张，虽说是惯例，但考虑到棒球社压根拿不出成绩，这种情况下还让给他们优先权不是很奇怪吗？事实上，和这几年不断取得佳绩的足球社相比，棒球社近年来的确也存在规模不断减小的颓势……总之两方的主张都有一定道理，所以很难相互妥协。"

"所以艾莉就是去仲裁这事儿？"

"嗯。虽说原本社团之间的矛盾都是由茅咲负责的，但今天剑道社那边也有事，她抽不开身。我想着积累经验也好，就拜托九条妹妹去处理了……但看来进展不是很顺利啊。"

看了眼时钟，统也把目光投向了窗户外的活动大楼方向。

"没问题吗？"

"嗯？我想就算双方有点剑拔弩张，但最差也不会演变为打群架吧。"

统也说完话,耸了耸肩。玛利亚也并没有表露出过多的担心,低头整理起了买回来的日用品。

但是,政近的脑海中,却浮现出了此前和上班族对峙,冲突一触即发时的艾莉莎的身姿。那股不安的感觉正在心中不断扩散。

"那我今天先告辞了。"

"好——路上注意安全。"

"今天多谢你了,改日我再酬谢。"

"好。"

政近心神不定地和两位前辈告别后,走出了学生会室。

"只是去确认下有没有打起来而已。"他自言自语,没有朝着玄关,而是转身走向了活动大楼的方向。

"所以都说了!就算是惯例,也不过就是友谊赛这种级别的比赛啊?我们这边的可是生死攸关的大赛哦!"

"就算是友谊赛也是很重要的!对方学校也一直和我们有往来,而且说到底你们才是擅作主张的那方吧?"

在足球社的活动室里,一触即发的火药味四溢。总计有数十名足球社和棒球社的高年级学生在此聚集,双方阵营针锋相对,正互相瞪着对方。

"请大家冷静！光是互相吵架也解决不了问题吧？"

而站在双方中间的艾莉莎，已经不知道做了多少次仲裁尝试，但始终没什么效果。

艾莉莎姑且能拿得出手的交涉材料是，她在靠近学校的河岸边安排了新的练习场所。但在谁留下继续使用操场，而谁又要被赶去河岸边这个问题上，双方始终无法协调一致。

就如同两条平行线，双方阵营都在自说自话，根本没有交集，事到如今已经基本进入到半骂战的白热状态了。

艾莉莎努力找到新的双方妥协点，但事实是逐渐上头的双方阵营谁都不愿意再有所退让。

"跟你们比，我们足球社的成员数量可是压倒性的多！考虑到可行性和成本，明显就是你们行动来得方便吧！"

"你们人多本来就占了经费优势！现在甚至还要来占场地的便宜，这就是多数者对少数者的暴力！"

"冷静，大家请冷静一点！"

即便艾莉莎再大声地试图控制局势，但她内心也早已挫败了。

就算是艾莉莎，被比自己年纪大的健壮男生们包围，也是会感到害怕的。

不仅如此，自己提出的方案还接二连三地被驳回，甚至被迫听着双方的恶语相向。艾莉莎的精神恐怕也难以维系了。

即便凭借着对自己接下的工作负责的责任感，以及不想认输的气势硬撑到了现在，此时也已快接近极限。

（没人……愿意听我的话。果然，我还是……）

果然无法打动人心。

这是她从很久以前就隐约察觉到的事。

看不起别人，心想"反正没人跟得上我"，遂逐渐和大家渐行渐远，拒绝去理解，拒绝去靠近。

这就是报应。

到底有谁会听她这种人说话？

无法将心比心，只会傲慢地说一些大道理，这样的人是无法打动人心的吧。

（我……只能孤身一人。）

这个事实如同冰冷的毒液，逐渐渗透进她早已千疮百孔的内心，缓慢地折磨着她。

我明白的。选择了这条路的自己。只能将身边所有人都视作竞争对手，以不愿意输给任何人的执念踽踽独行。

这都是我自己选的路，所以没有办法。

（没错，我明白的。我，我全都明白的……）

但是，但是……

【帮帮我……】

轻声呢喃而出的，是在场无人能懂的俄语。

无法舍弃尊严落荒而逃，更无法崩溃大哭，甚至连坦率的求助也做不到。

在内心的一角,那个冷静地自我正说着"所以你注定孤单一人"如此冷酷的话。即便对此心知肚明的艾莉莎根本无力反驳,但她还是从颤抖的喉咙深处挤出了干瘪的声音:

【谁来……帮帮我啊……】

就算再轻微、再难堪,这也是艾莉莎此时能竭力发出的,最为痛彻心扉的求救信号。

没打算传达给任何人,这句从孤傲的少女口中溜出的话语,只会空虚地消散在室内唾沫横飞的怒骂声中……本应如此。

咔啦啦啦啦!

突然间,室内传来了开门的声音,所有人一齐把目光投了过去。

站在那里的,是一位看上去相貌平平的男生。

从领带的颜色判断,应该是高一学生。身材普通,和在场的男生一比,甚至称得上是"瘦弱"。

但就是这样一位少年,在他睥睨全场的瞬间,身上所散发出的强大气场,竟瞬间震慑了在场所有人。无一例外,全员屏息凝神,大气不再喘。

光凭眼神就能令直到刚才还杀气腾腾的学长们集体沉默,少年迈步走入屋内……嘴角忽然浮出一抹轻佻的微笑:"各位好啊——我是学生会派来的支援,负责学生会总务工作的久世政近。"

走到足球社活动室门前的政近，从屋外偷偷观察着里面艾莉莎孤军奋战的样子。

（看样子是不行了啊，艾莉。）

光是听着艾莉莎一个人拼命劝说的声音，政近就冷静地做出了判断。

现在双方都太过热血上头了。这个时候应该暂时撤退，等双方都冷静下来之后，择日再劝。

事已至此，聪明如艾莉莎，肯定不可能不明白当下的最优解是什么。

是因为从会长那边接下任务而感到焦虑，找不到合适的时点抽身吗？

（唉，虽然很可怜，但这就是所谓的积累经验呢。）

照眼下这个势头发展，也用不着艾莉莎出面阻止了，谈判大概用不了多久就会以彻底爆发的争吵而宣布破裂吧。

等到那个时候，再重新安排协商事项就好。

身为局外人的自己，此时也没理由擅自干涉，贸然介入只会伤害艾莉莎的自尊心。

"艾莉，加油啊！"

只是低声送上一句简单的鼓励后，政近转身准备离开——

【帮帮我……】

就在此时,政近的背后传来了那句小小的求救信号。刚踏出半步的脚,也骤然悬停在了半空中。

那柔弱……充满痛楚的声音。

是从未听过的,来自她的求助之声。

面对那让人无法抑制心痛的声音,政近恨恨地挠了挠自己的头发。

(啊,可恶!别说这种话啊!)

要是再稍微早点离场的话,明明就听不到她的声音了。

真是笨拙的求救信号啊。坦率地向会长或者姐姐求助不就好了?就是因为做不到这一点,你才会一直孤单一人。就是因为这点啊……

【谁来……帮帮我啊……】

我才始终不能置之不理。

【Я понял.】(哎,我知道了。)

小声嘟囔着的政近,胡乱地把头发往后一拨,转身返回了活动室。

突如其来的闯入者让在场大多数人都陷入了困惑,但也有包括棒球社社长在内的一小部分学生对来者感到惊讶:"是久世……"。他们认出了初中时担任学生会干部的政近。

"久世……同学……"

艾莉莎用充满了震惊和困惑,却又带着一丝依赖的语气呼唤着政近的名字。而政近只是拍了拍她的背,随即走到前面,把她护在了身后。

"大致情况我已经从会长那边了解了。现在的主要矛盾在于操场和河岸边的练习场所的分配问题。我这么理解没问题吧?"

"嗯,没错。"

"谢谢。"

回答政近疑问的,是不知为何直到刚才都还一言未发的棒球社社长。

在其他成员都唾沫横飞高声叫骂之时,他都坚守了沉默。唯有此时,他的眼神中充满着期待和信赖,看向了政近。

像是要回应他的视线一般,政近再一次扫视了双方阵营的所有人后,开口道:"那么,你们看这样如何。考虑到移动人数的问题,还是麻烦棒球社的成员们转移到河岸场地。但相应的,作为人数占优的足球社,也要抽出人手支援作为补偿。"

听了政近的提案,足球社的成员们显得有些困惑,而棒球社则更是群情激愤。

"什么嘛!结果不还是我们抽到了下下签!"

"就是说,凭什么就得我们被赶到河岸去啊!"

理所当然掀起的抗议声接踵而至。但是,此时足球社的一

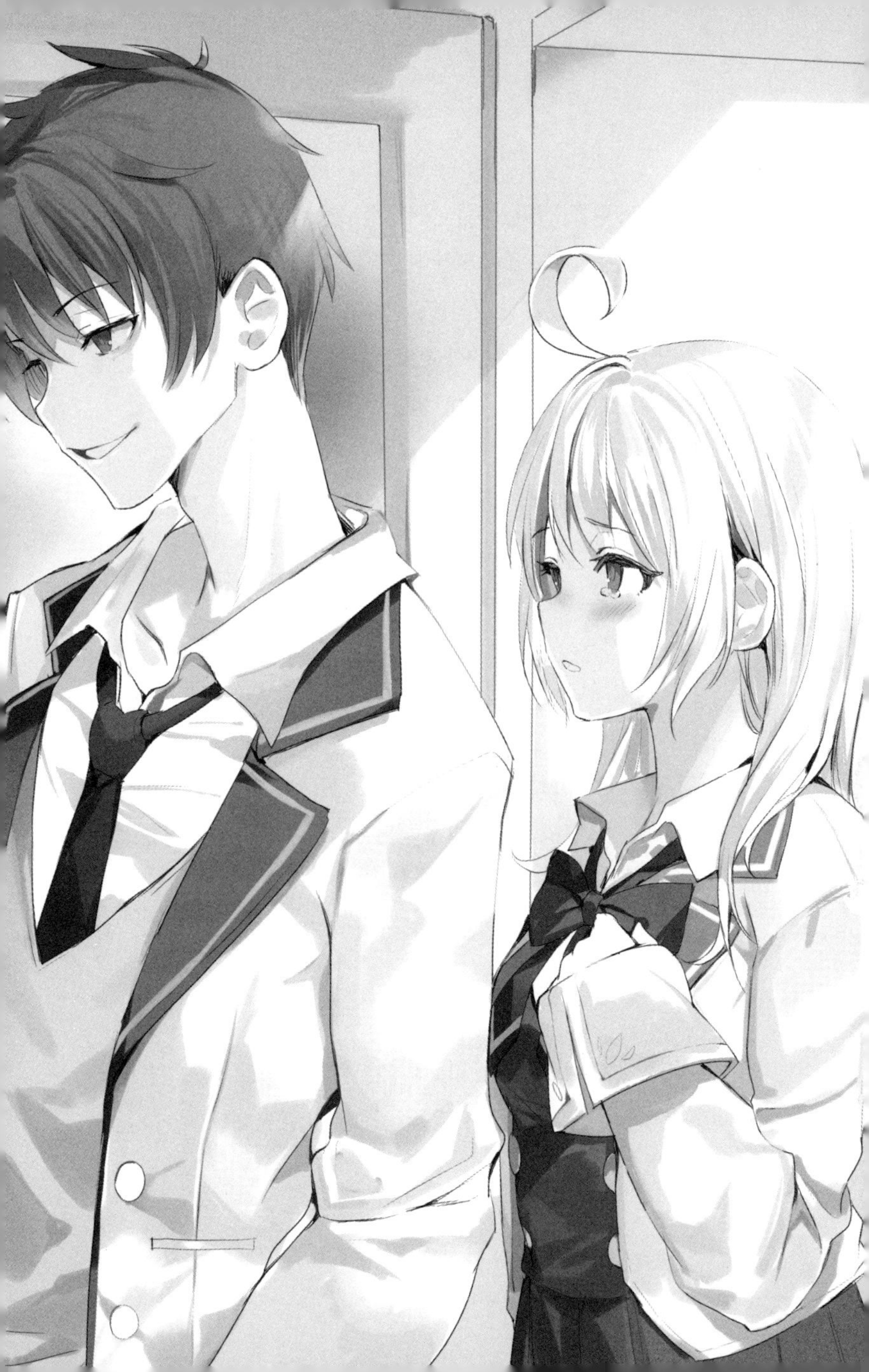

方中响起的声音,却最终将它们完全平息:"这样的话,请让我们这些球队经理来支援棒球社吧。"

出声的是在足球社中担任经理职位的一位女生。

由于她那惹人怜爱的外貌以及对选手们的无私奉献,让她成为足球社的首席经理,同时也在男生们中有着很高的人气。

意料之外的支援人选,让棒球社的立场开始出现松动,出现了"如果是那孩子的话……"这样动摇的气氛。反观足球社那边,此时却逐渐开始了抗议的浪潮。

但是,这些小风波也在那位女生说的"既然他们让出了操场使用权,这点程度的补偿是理所应当的吧"这句话中迅速平息。

"如果是这样的话,我们接受这个条件。你们呢?"

察觉到周围成员们态度的变化,棒球社社长抛出了和解的橄榄枝。而足球社社长虽然表情微妙,最终还是点头同意了。

"好,那事情就这么定了。另外明天的话,请记得重新来学生会提交申请书。"

政近的总结,为此次以意料之外方式解决的两方冲突,画上了完美的句号。

仲裁会结束后,政近和艾莉莎沿着活动楼的走廊,走在返回主楼的路上。谁都没有开口交谈,视线也并无交集,就这么静静地前进着。

"啊——那个，抱歉啊。"

终于，难以忍受这尴尬氛围的政近，首先发言打破沉默。艾莉莎则报以惊讶的表情。

"擅自出手推动事态发展。有点拂了你的面子吧？"

"没什么。"干脆利落地回应，艾莉莎继续往前走去。但很快，她面向前方提问道：

"为什么，你会提出那种方案？"

"嗯？"

"一般的角度出发，棒球社是绝对不可能接受这种方案的。在我看来，你就仿佛是早就知道那位学姐会出手相助一般。"

"哟……你注意到了吗？"

"当然注意到了，你在棒球社抗议的时候，不是一直看着那位学姐吗？"

当真是明察秋毫，政近在心中感到佩服的同时，以若无其事的语气揭开谜底。

"要保密哦？"

"好的。"

"那位担任经理的学姐……实际上正在和棒球社的社长交往哦。"

"哎？！"

听到了意料之外的情报，艾莉莎瞪大了眼睛看向政近的方向。

"棒球社的社长，在双方的交火中不是一直保持沉默吗？就是因为自己的朋友在对方阵营，不能说什么重话。虽然公私不分也要有个限度，但这种时候也在所难免吧。"

"原来如此，所以才……"

"另一方面，学姐这边也是一样，因为觉得自己这方本就是无理取闹而感到尴尬。所以一旦听到了那种提案，肯定也就会顺势而为，没有拒绝的理由。"

"这样啊。"

"而且啊，棒球社有了可爱女孩子为他们提供支援，足球社也得到了操场的独占权，最后那对朋友也能越过藩篱，在训练的时候尽情见面了，都是何等的幸事啊！哎呀，不如说真是漂亮的一石三鸟呢！"

当然，一无所知的棒球社成员们可能要失望就是了，补充完这句的政近自己也笑了起来。艾莉莎也露出了微笑。

"那么——"

但就在此时，政近看到了通向主楼的走廊尽头处，站着一个人，等意识到那是谁之后，他不禁露出些许苦笑。

"嗯，看起来都谈妥了？"

"会长……"

站在那里的，正是统也。他似乎对眼前一同出现的政近和艾莉莎丝毫不觉意外，露出了一切尽在掌握的笑容。

"足球社使用操场,而棒球社转去河岸边的训练场所。作为补偿,足球社的经理会去协助棒球社进行训练,这是最后的协调结果……多亏了久世同学的帮助。"

"原来如此,辛苦了,九条妹妹。"

艾莉莎平淡地讲述完来龙去脉,统也也没说多余的话,直截了当表达了自己的慰问。对于这样的统也,政近给了个白眼作为他小小的反抗。

"看来一切都在计划之中了?"

"嗯?那也称不上吧。"

"当会长没问出'你在说什么?'的时候,某种意义上已经坦白了自己的预谋哦。"

"哎呀……那这次还真是败给你了。"

面对果断举起双手表示投降的统也,政近也没了刚才的锐利气势,轻轻叹了口气。

"那怎么样?考虑好了吗?"

"……"

果然一切都在他的计划之中,这次换政近果断举白旗投降了。

"嗯,那什么……不才久世政近,将作为末席加入学生会,愿为您效犬马之劳。"

"好啊,那就还请多多指教了。"

统也咧嘴露出了一个充满阳刚之气的笑容,而政近则露出认输般的苦笑。就这样，展现出截然不同笑容的两人，双手紧紧相握。

而在一步之遥，艾莉莎正五味杂陈地看着这番光景。

终章
那只手

"唉——总觉得像是彻底中计了,有点意难平……这就是所谓的'常在河边走'吗?"

在那次握手之后,统也说完"今天太迟了,等明天再来提交正式申请吧"后,便目送政近离开。而此时,他正和同样被告知"今天的工作就到此为止了"的艾莉莎一起,于夜色中走向正门的方向。

政近一边嘀嘀咕咕一边迈步向前,而身后跟着的艾莉莎则低头无言,没有回应。

但是,到了距离校门大概还有半分钟路程的时候,她却突然站定,终于开口叫住了政近。

"喂。"

"嗯?怎么了?"

"……"

听到艾莉莎的声音,政近也停下了脚步,转过身来,但此时的艾莉莎又一次保持了沉默。她的眼里满是倒映出的复杂情绪，就这么静静凝视着政近的脸。

见此，政近便也以同样平静的目光回望，等待她开口。

"你真的，要加入学生会吗？"

"啊，没错。"

"那样的话……"她突然语塞，但随后仿佛很快下定了某种决心，开口询问道，"是为了和有希同学一起参选学生会长选举吗？"

"如果我说是呢？"

面对艾莉莎的提问，政近同样用问句反问了回去。

"如果就是那样的话，你会怎么做？会放弃竞选吗？"

"不。"

听到政近那如同挑衅的反问话语，艾莉莎像是终于抛弃幻想一般，闭了闭眼睛，尔后再睁开时，双瞳中唯剩下闪烁着战意的强烈光芒："我，一定会当上学生会长……即便对手是你，我也决不放弃。"

看到这双依旧坚定无比的双眼，政近的表情瞬间缓和了下来。

我想看到这份光芒。

我想守护这份光芒。

他始终向往着这道崇高但不免令人担忧的灵魂之光，为了避免它黯淡而暗中协助至今。

虽然自己过去一直都藏于幕后。

但事到如今——

"我明白了。"

"！"

政近闭上眼睛，微微点头。见状，不明所以的艾莉莎把嘴抿成一条直线，视线低垂。而此时的政近也终于睁开双眼，他以不容置疑的语气对艾莉莎说道：

"那样的话，我会助你登上学生会长的宝座。"

"哎？"

艾莉莎错愕地抬起视线。政近则直视着她因为震惊而动摇的双瞳，并伸出了自己的手："如你所愿，我将尽全力协助你成为学生会长。从今往后，你不会再是孤单一人。我将始终伴你左右。所以……不必多言，握住这只手吧！艾莉！"

听到政近的发言，一瞬间艾莉莎的脑海中各种思绪乱作一团。

"为什么？""怎么是我？""不是有希吗？"如此种种疑问接连交错，但最终它们都在政近不容分说的坚定视线中消融殆尽。

（啊，原来是这样……）

突然，艾莉莎回过神来。她发现政近早已看透了自己。看透了自己，艾莉莎……那倔强到无可救药的个性。

所以他才会这么说。不说什么"我来助你"或是"一起并肩作战吧"这样的话。而选择只是默默伸出自己的手，等待她自己握住。

（唉……）

一直以来，都只有我一人。那个总是把他人视作竞争对手的自己，总是看不起别人的自己，我以为是不会有人愿意支持她的。

但是……如果，真的有人能接受那样无可救药的自己，无条件地支持我的话。如果，那样的人真的存在的话……

"……"

此时在胸中翻滚的情绪，究竟是什么？连艾莉莎自己都不清楚。

感动？

渴望？

欢喜？

似乎都对，但似乎又都不对。

强烈的情绪波动袭来，艾莉莎不知为何几欲落泪。

只是，眼泪不会流出来。

不想被眼前的少年看见那样的姿态。

而且，她也相信，他并不愿意看到自己的那副模样。

所以，她唯有挺胸向前。

并不是想要求助。

既没有刻意讨好，也没有过分依赖，而是以平等的立场……握住那只手。

"嗯，之后也请多多指教。艾莉。"

仿佛是想要回应这份意志，政近微笑着点了点头。

自始至终，都只扮演对等地位的伙伴。

这份不经意间展露出的温柔，让艾莉莎嘴角自然上扬，露出了如花朵般甜美的微笑。

心中的声音，从微启的双唇中滑落：

"谢谢。"

然后——

Я тебя любю
(我爱你)

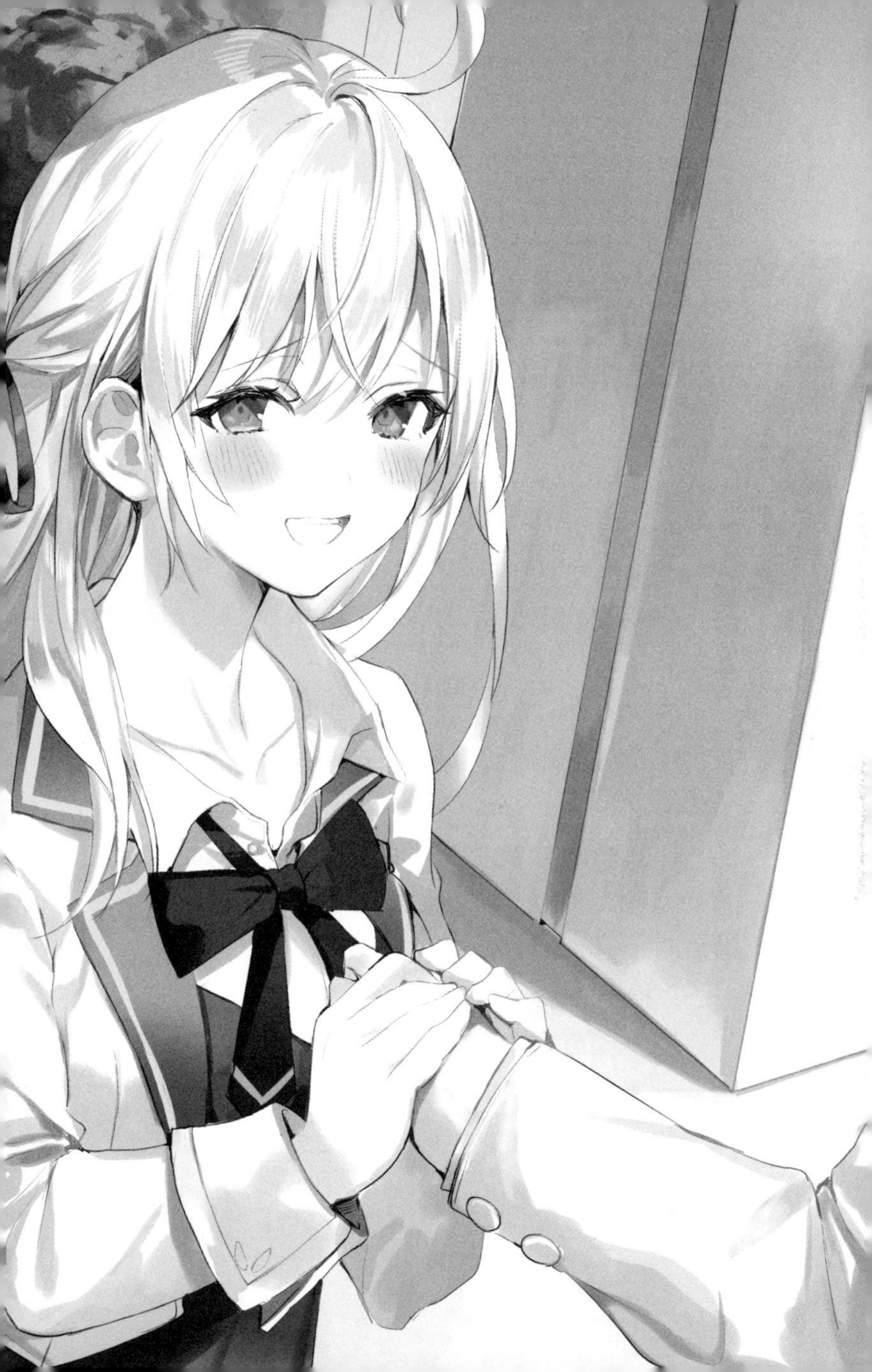

那句不经意吐露出的告白,以及从未见到过的由衷笑容,令政近心跳都漏了半拍。

同时唤醒的,还有那令人怀念的遥远过去的记忆——那孩子的笑容,突然在脑海中浮现。

(什、什么啊,这个!)

"扑通扑通"大声跳动的心脏。这是自那孩子离开后,他以为自己再也不会感受到的悸动。

(哈、哈……真的假的?我的心中,居然还藏有这样的感情?)

视线无法从眼前少女的身上移开。以及握住的手好热……热,也就是说……是痛觉?

"好痛好痛好痛!!!干什么啊?!"

回过神来才发现,不知何时艾莉莎已经换上了皮笑肉不笑的表情,手里传来的力道仿若有万钧之势。

政近悲鸣着弓起腰,抬眼对艾莉莎送去疑问和抗议的目光。而回应他的,则是来自艾莉莎绝对零度视线的迎头痛击。只听她静静地开口问道:"你刚刚……在想别的人?"

"不是,你怎么知道的?!啊……"

条件反射的回答,紧跟其后的便是"完蛋了"的预感,然而为时已晚。因为意识到自己说出的蠢话而冷汗直冒。

(完了完了完了!居然在这样时刻想别的人。)

(不是,都这个时候了,我还在瞎想些什么啊!)

思绪一不小心就被阿宅头脑带偏，开始朝着现实逃避的方向一路狂奔了。政近只得强行把注意力拽回来。

但是，政近的现实处友经验，自小学以后起就丝毫未涨，所以他对现在该如何打破僵局是彻底地束手无策。

而就在此时，面带冰冷笑容的艾莉莎居然率先开口了："我说——"

"是，是？"

"刚才你说了，'从现在开始始终伴我左右'，这句话对吧？"

"呃，啊，是的。是、是我说的。"

同样的话被艾莉莎重复一遍还挺害羞的，但这份因害羞而含苞待放的笑容，却在艾莉莎锐利冷峻的目光下，瞬间化为了嘴角肌肉僵硬地抽动。

"刚一说完……你就想到有希同学了吧？"

"不啊，不是有希……"

"嗯哼？"

"等……真的很痛啊！"

"不是有希"这句话才刚起头，那股万钧之力就又回到了右手，"为什么啊？！"政近开始在内心中痛苦地哀号。

"久世同学。"

"小的在！"

"想让我原谅你的话……就咬紧牙关，默默承受我接下来的这一手吧。"

"好……"

看着艾莉莎慢慢举起的左手，领会意图的政近认命地闭上了眼。

尔后，便感受到了从右侧脸颊传来的，那势若排山倒海般的恐怖冲击——并非修辞，而是政近真的被扇飞了出去。

"嘿、嘿嘿……何等漂亮的一击。"

"笨蛋。"

即便凄惨地倒在了地上，政近依然坚持朝艾莉莎伸出了大拇指。看他这副蠢样，有些无语的艾莉莎也如刚才自己所说，怒气逐渐烟消云散，随即她伸出了自己的手。

拉着她的手站起身来的政近，拍了拍自己的裤子，说道："那回去咯？"

"好吧。"

于是，两人就这么并肩踏上归途。既没有挨得很近，也没有互相疏远，保持了一个只要自然伸手，就能紧紧相握的距离。

"哎呀，被女生扇巴掌，这我也是第一次啊。作为男生的经验值提高了呢。"

"刚才摔坏了脑袋是吧？"

"才没有呢！"

"也对，是你可怜的脑子天生就不正常。"

"你在对我这位昔日被称神童的小天才说什么呢。"

"还神童？呵呵。"

"啊，这是信不了一点的眼神！"

还是能和往常一样互相抬杠，两人莫名感到了一阵安心，并肩前行时的距离比起以往要更近了一些。然后，在两人终于抵达艾莉莎居住的公寓后，艾莉莎稍微露出了一点关心的表情。

"那巴掌，没事吧？需要冷敷一下吗？"

你怎么还在纠结这事儿啊？政近露出苦笑，随即干脆利落地回应道："没事啊，不用麻烦了。虽然右脸颊稍微有点麻，不过只要当成是被牙医打了麻醉药，就完全没问题了呢！"

"这真的是没事吗？"

见自己的担心被玩笑一笔带过，艾莉莎无语地耸了耸肩。但她很快又像是察觉到了什么一样，伸出食指轻轻在政近的右脸颊上滑蹭着。

"真的，没感觉了吗？"

"啊，其实也没那么夸张……就是玩笑啦。但感觉稍微有点迟钝了倒是真的。"

"这样……"

有点心跳莫名加速的政近如是回复道。见状，艾莉莎露出了微笑，然后下一个瞬间，她将手搭到了政近的双肩上，笑盈盈地把脸凑近了过来。

"哎？"

事态突如其来的走向，让政近呆立原地。此时的他，只感觉右脸颊传来了一阵柔软的触感，以及耳畔响起的轻轻一声，"啾"。

"哎？"

政近惊愕地瞪大了双眼，艾莉莎则迅速从他身边离开，用看小笨蛋的眼神看着他。

"发什么呆啊。不就只是贴面礼而已吗。"

"只是……等等，贴面礼不一般只是脸颊互贴吗……"

"对啊，只是用嘴发出那个声音而已哦。"

"不不不，但还是……嗯？嗯？"

刚才的触感是……不对，到底是什么啊？？

"那么，明天见啦。"

"哦，哦……明天见。"

政近轻抚过滚烫的脸颊，拼命回忆刚才的触感。可是，无论他如何努力，始终无法得到确切的答案。

"艾莉——拜托用俄语和我对对答案啊！"

夜间的街道，响起了政近可怜兮兮的声音。

后 记

　　初次见面，各位好，我是作者灿灿 SUN。非常感谢您这次选择购入本书。没有买而是选择从朋友那边借阅的您，也请务必亲自购入一本自用。而如果是现在正站在书架前翻阅的您，不要犹豫了，现在立马就去柜台结账吧。

　　只是区区出道作，就敢写出如此具有进攻性的后记——您现在大概有这么想吧。但很遗憾，灿灿 SUN 平时就是这样一个人呢，只会在书本勒口的简介处才偶尔装装正经啦。另外偷偷告诉您，其实现在的我已经是在编辑大人的监督下，有所收敛的状态了。要是说到我平时的状态，那可是……

　　（这是净是些不堪的文字。非常抱歉，还请稍等片刻。）

　　总之，就是这种感觉。嗯？怎么都还没写满一页？明明少说也写了两千字了啊……真没办法。不过既然刚才已经尽情放飞过自我了，那现在就稍微认真一点起来吧。

正如勒口处的自我介绍，我是从"成为小说家吧[1]"出道成为作家的。也就是说，我并非那种"正儿八经以出版书籍为目标的人"（严肃派），而是属于公认的"以写小说为乐的人"（享受派）。因此我几乎不怎么写正式的连载，而是想到什么感兴趣的题材，就动笔写成短篇。

本书也是一样，原本在"成为小说家吧"上投稿的短篇《不时用俄语小声说真心话的邻桌艾莉同学》[2]，蒙编辑大人错爱，最终决定在保持原有思路的基础上，以完全重写后的新作正式发表。感觉就像是常出现在漫画杂志里的那样，明明是短篇故事，却被告知可以升格为长篇连载，可以说是一件大为出乎作者意料的事情。

由于是完全重写，所以对男女主人公的形象也进行了推翻重塑，不知各位观感如何呢？如果多少觉得女主角很可爱，而男主角有些帅气的话，那将是我莫大的荣幸。你问有希？她的可爱无须多言，所以完全没有担心的必要（喂！）。

最后，要感谢在本书写作过程中提供了莫大帮助的宫川夏树编辑大人。以及为我这种新人作家绘制超绝美丽插画的画师Momoco老师。创作出完美短漫的漫画家Tapioca老师。为女主

---

1. 译者注：日本一个著名的网络小说投稿网站。
2. 中文引进出版改书名为《邻桌艾莉同学》。

角艾莉配音的上坂堇老师，和为政近配音的天崎滉平老师。

还有为本书撰写推荐语的 Shimesaba 老师和纸城镜介老师。以及购买本书的各位读者大人们，请容许我送上本世纪最大的感激！感谢所有人的大力支持！希望还能在第 2 卷与大家重逢。那么，改日再会啦。

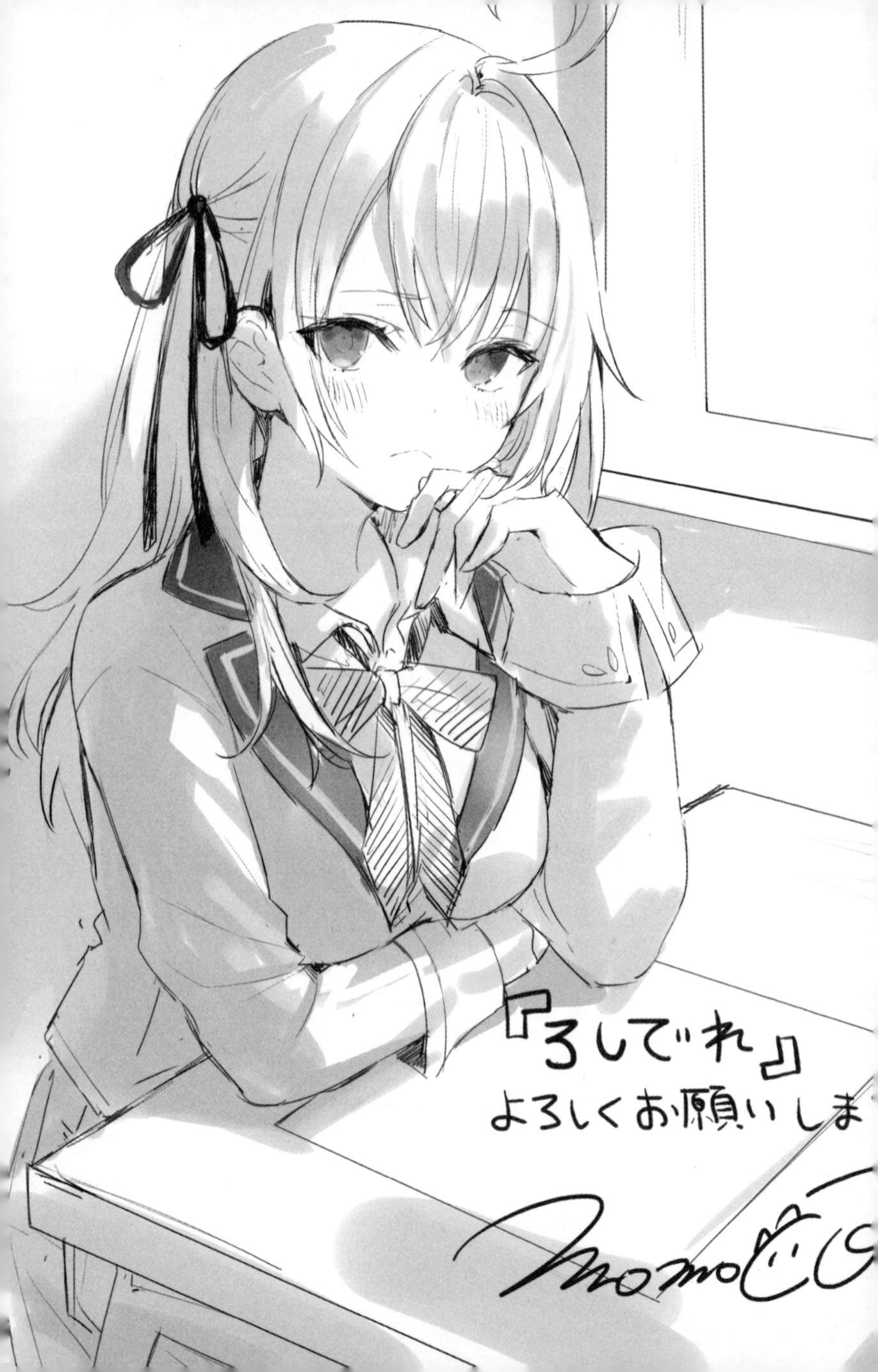
『ろしでれ』
よろしくお願いしま
momoco

图书在版编目（CIP）数据

邻桌艾莉同学．1／（日）灿灿SUN著；（日）Momoco绘；王观之译． — 北京：国文出版社，2025． — ISBN 978-7-5125-1973-2

Ⅰ．I313.45

中国国家版本馆CIP数据核字第20259AH534号

北京市版权局著作合同版权登记号　图字01-2025-2969

TOKIDOKI BOSOTTO ROSHIAGO DE DERERU TONARI NO ALYA SAN Vol.1
©Sunsunsun,Momoco 2021
First published in Japan in 2021 by KADOKAWA CORPORATION, Tokyo.
Simplified Chinese translation rights arranged with KADOKAWA CORPORATION, Tokyo through TUTTLE-MORI AGENCY, INC., Tokyo.

邻桌艾莉同学．1

编　　者	灿灿SUN
绘　　者	Momoco
责任编辑	侯娟雅
责任校对	李　娟
出版发行	国文出版社
经　　销	全国新华书店
印　　刷	三河市中晟雅豪印务有限公司
开　　本	880毫米×1230毫米　32开
	7.75印张　　　　　152千字
版　　次	2025年7月第1版
	2025年7月第1次印刷
书　　号	ISBN 978-7-5125-1973-2
定　　价	45.00元

国文出版社
北京市朝阳区东土城路乙9号　邮编：100013
总编室：（010）64270995　　传真：（010）64270995
销售热线：（010）64271187
传真：（010）64271187-800
E-mail：icpc@95777.sina.net